講談社文庫

# だいたい本当の奇妙な話

嶺里俊介

JN051456

講談社

目次

# だいたい本当の奇妙な話

# はじめに

私の名前は進木《すずき》独行《どっこう》。『独行』――たとえ独りきりだろうが、生涯歩き続けることができたなら本望だ。

筆名だが本名でもある。ただし本名は『ひとゆき』と読む。なので、近しい人は親しみを込めて私を「ヒトさん」と呼ぶ。学生時代からの知己《ちき》たちも、昔は「ヒト」と呼び捨てだったが、デビューしてからは「さん」付けで呼ぶようになった。

長いこと会社員を続けていたが、文芸新人賞を受賞したことを機に創作文芸作家へ転身し、早いものでデビューから五年以上が経過した。

私の作品はホラー色が強いと言われている。特に意識したわけではないが、たぶんそうなのだろう。色はどうあれ、読み手に楽しんでいただけているのであれば嬉しいというもの。

不思議なもので、作品を書き進めていくうちに現実世界と作品世界がシンクロすることがある。奇妙な話を書く人には、どうやら奇妙な出来事が寄ってくるらしい。むしろデビューしてからの方が、頻度が高いかもしれない。

否、誰でも経験しているのかもしれない。

人生、それなりに奇妙な出来事は誰しも経験しているだろう。それを覚えているか、忘れているか、単にそれだけのことかもしれない。

いずれにせよ、他人が体験した奇妙な話というのは、それなりに需要があるらしい。

日常生活を送っていると、滅多にないことを経験することがある。だが、それが当事者にとって都合の良いものかどうかは選べない。

本書では、私自身がこれまでの人生で体験してきた奇妙な出来事を元にして、つらつらと話を綴《つづ》っている。もちろん見聞きしたことも含まれている。

それは自分も体験した、という話があるかもしれないが、ご容赦願いたい。飲み会で耳にした馬鹿話と思ってくだされればありがたい。

これからページを捲《めく》っていく時間を、楽しんでいただければ幸いである。

進木独行

# ざしきわらしの足音

会社員だった頃の話。

辛い時期だったが、このエピソードはいまでも生々しく記憶に刻まれている。


――◇◇◇――


知己、藤《ふじ》ノ宮鷹彦《みやたかひこ》の声が電話口から聞こえてきた。

「凹《へこ》んでるんだって？」

妙に明るい。まるで楽しんでいるようだ。こちらは会社から病休を一方的に言い渡されたところだというのに。

健康管理センターから診断書を伴う指示が出た場合、現場管理者は対抗できない。それは業務命令に等しい。私はうつ病と診断され、今日から病休の身だった。外を歩けば、身体にあたる師走《しわす》の木枯らしが肌を刺すように痛むので自宅で惚《ほう》けている。

自覚はあった。四六時中焦燥感に苛《さいな》まれ、どうにも頭が回らない。パソコンで言えば、128ビット処理のCPUが8ビット処理になったような感覚だ。

『飲みに行かないか』――友人から送られたこんなメールの意味を理解するのに数十秒かかり、身体が固まってしまう始末だ。周囲の目にはさぞかし奇異に映ったに違いない。気遣ってくれた友人にも申し訳ない。

病休、しかもうつとなれば精神疾患の範疇《はんちゅう》となる。社内の人事規定では今後の昇格は望めない。退職まで伸びる芽がないとなれば、モチベーションどころではない。せめてライフプラン休暇の扱いにできないものかと掛けあったが、休暇目的が異なるため今回のケースにはそぐわないと突っ返された。

こちらの気も知らないで――。

内心穏やかではなかったが、藤ノ宮は続けた。

「ちょうどいいや。実はさ、行く予定だったけど急な仕事が入っていけなくなった宿があるんだ。滅多に予約をとれない宿でさ、キャンセルするには勿体《もったい》ないから、どうしようかと思ってたところだ。お前も聞いたことないか、宿の名前は――」

ざしきわらしが棲《す》む、有名な宿だった。

元総理大臣や高名な実業家が宿泊して、ざしきわらしと出会った宿だ。ホラージャンルの漫画家も利用している。しかし人気がありすぎて、数年先まで予約でいっぱいだという。

「一泊だけだが、保養にはなる。心を休めるにはもってこいだ。こんな時期だから冷えるのは仕方ないけどな。出歩かずに風呂に浸かっていればいいさ」

心惹かれる提案だった。うつには、リラックスして好きなことをすればいいと聞いている。

興味が湧いてきた。こんな前向きな気分になったのはいつ以来だろう。

「……分かった。ありがとな……」

私は快諾した。

「なんもかんも忘れて、しっかり休めよ。あとでまた連絡する」

相変わらず鈍《のろ》くさい応対だったはずだが、特に不満を表に出すことなく、藤ノ宮は私を励ました。

きびきびした行動は現在の自分には無理なので、余裕をもった行程を組んだ。

月曜日の午前中となれば、上野《うえの》発新幹線の車内は出張のスーツ姿が目立つ。

目的地は岩手県の二戸《にのへ》。金田一《きんたいち》温泉郷だ。ほぼ青森県との県境である。最初は思わず『きんだいち』と読んでしまったが、濁音ではなく『きんたいち』だ。ミステリー好きなら半数以上は誤読するだろうなと、車窓を眺《なが》めながら含み笑いを漏《も》らす。

たとえ数時間であっても、いまの自分には一時間程度。ぼーっと考えごとをしていたら、たぶん最初の目的地、盛岡《もりおか》に着いてしまうだろう。

私は熱いコーヒーカップに口を付けて、物思いに耽《ふけ》ることにした。

『ざしきわらし』について。

これから赴く二戸と、遠野《とおの》が有名である。二箇所とも岩手県だ。

柳田国男《やなぎたくにお》氏の『遠野物語』で『座敷ワラシ』が登場する。『ザシキワラシ』、『座敷ボッコ』、『御蔵《おくら》ボッコ』など呼び名は様々である。『座敷童衆』とも書くらしい。

つまり単体の妖怪ではなく、特異な力を持つ群れである。姿も男の子であったり、女の子だったりする。ときに複数現れることもある。

一度『座敷童衆』の集団を観てみたいものだ。さぞかし壮観だろう。

＊

以前遠野に旅行した際、語り部《かたべ》の方から興味深い話を伺った。

語り部とは、民話などの口頭伝承文化を継ぐため、昔語りをする有志の方々である。高齢者が多く、普段は標準語だが、昔語りを演じる際には地元の言葉を遣うことが特徴である。

「二戸と遠野の座敷童衆では、どうも印象が違うのです」語り部は言った。

「二戸の座敷童衆は男の子が有名ですね。名前もある。家に棲み、その家や出会った人に幸運をもたらしてくれる、人にとって良い妖怪というイメージが強い」

私は頷《うなず》いた。二戸の宿で座敷童衆に出会ってから、その後大成した人もいる。ぜひ肖《あやか》りたいものだ。

「でもね、遠野では違うんです。むしろ逆。怖《おそろ》しい妖怪です」

「どういうことですか」

「遠野の座敷童衆は土地に憑《つ》きます。その土地の家に身を寄せることがしばしばありますが、たしかに座敷童衆が棲む家は裕福になります。しかしある日、ぷいっと出て行ってしまう。それからが怖しい」

「座敷童衆が出て行くと没落するという話は聞いたことがあります」

「一家離散なんてものじゃありませんよ。家族全員、死に絶えます。茸《きのこ》の毒にあたってみな死んだという話もあります。そのとき家を離れていて助かった子もいましたが、他の家に引き取られるも、ほどなく亡くなっています。座敷童衆が去った家にもたらされる厄災は容赦ありません」

ふう、と語り部は小さく肩を落とした。

「だから下手《へた》に手を出さず、放っておくのです。たとえ見かけることがあっても、あまり近づかない方がよろしい。懐《なつ》かれたら大変なことになります」

「では座敷童衆を牢《ろう》かなにかに繋《つな》いでおかなきゃなりませんね」

「そんなことをさせないために、ふだん座敷童衆は姿を見せないのです。しかも別れ際に家人へお別れを告げることもしません。座敷童衆が去った日、家人がその姿を見たという話はひとつもありません」

「……厄介な話ですね」

私は唸《うな》った。

裕福な生活は歓迎だが、極端な不幸が隣り合わせになっている。しかも予兆がないので対処することもできない。ある日突然、家族全員がこの世を去る。

「それでは、むしろ座敷童衆を家に寄せ付けない方が良いのでは。裕福な生活を求めることは無理からぬことですが、リスクが大きすぎる。座敷童衆に頼るというのは他《た》力本願《りきほんがん》ですし、もしかして座敷童衆は『他人に頼らず、自分の力でなんとかしろ』という教訓を知らしめる妖怪なのでは」

「それは面白い解釈だ」

ほっほっ、と語り部は笑ったものである。

＊

幸いにして、今回訪れる座敷童衆の地は二戸の方だ。座敷童衆は家や土地に憑く。特定の人に憑くなんて話は聞いたことがないので持ち帰ることもないだろう。

盛岡で新幹線からローカル線に乗り換える。車窓を流れていく厚い雪に覆われた田園風景を眺めながら、昼食として買った弁当を頬張《ほおば》った。

金田一温泉駅の改札は東側にある。改札を抜けると待合室があり、隅の本棚に寄贈された書籍が収められていた。見覚えがあるタイトルが並んでいたので興味を持った。

いずれも新人賞の受賞作だ。もしかしたら著者か担当編集者が願掛けに訪れたのかもしれない。

一冊を棚から抜き出して表紙を開くと。紙片が落ちた。

拾い上げてみたら『謹呈』の文字。寄贈本だ。

やはり著者が訪れていたらしい。作家としての新たなスタートに際し、座敷童衆がもたらすという幸せを乞う気持ちはよく分かる。

私は本を閉じ、書棚に戻した。

宿へ連絡して送迎をお願いしようかと携帯電話を取りだしてから、ふと思い直した。

地図を確認する限り、宿はそれほど遠くない。途中で勾配《こうばい》のある雪道になるが、ぶらぶら歩いても一時間はかからない。たまには都会では味わえない雪山の空気を味わってみたい。幸い雪は降っていないし、寂寥《せきりよう》感が湧いてきたら、それを楽しむのもいい。

うつ状態になってから、服用している薬の効果かもしれないが、いつでも頭が凪《な》いでいる。これが気分的に良くない。感情に起伏が起きるなら、むしろ歓迎だ。幸いにして周囲に人がいないので、迷惑をかけるようなこともない。

私は歩くことにした。健康のためには、一時的に身体へ負荷を掛けることも必要だ。

駅前広場を抜けて、左に折れる。通りには人も車の姿もない。

ほどなく馬淵川《まべち》に架かる橋が見えてくる。橋を渡って右に折れると、ゆるやかな登り道になった。あとは一本道なので、右手に馬淵川の水面《みなも》を望みながらのんびり歩く。

空気は冷たいが旨《うま》い。これだけでも、この地を訪れた甲斐《かい》があるというもの。夏場なら蛙《かえる》の声が響いているのだろうか。

「……いいところだ」

思わず感嘆の溜め息を漏らしたときだった。

子どもの声が聞こえたような気がした。右手だ。眼下には馬淵川しかない。しかも雪が積もっている。足跡なんかどこにもない。

空耳かと訝《いぶか》しみつつ、耳を澄ます。

「きゃっ、きゃっ」「あー」「くすくす」

男の子なのか女の子なのかも分からない。しかし、たしかに聞こえる。

周囲を見渡したが、やはり子どもの姿はない。子どもが遊べる場所も見当たらない。川辺には手つかずの積雪しか見えない。ただ流れる川の水面が小さく躍っている。
二、三人だろうか。子どもたちの騒ぐ声が小さく耳に響く——。
そして気づいた。

声が小さすぎやしないか。

子どもたちがはしゃぐ声は、周囲に響くものだ。ただでさえ子どもの声は高いので、よく通る。男の子か女の子なのかも判別しづらいほどだ。

なのに、小さい。耳を澄ませなければならないくらいだ。

私は職場で体験した幻聴を思い出した。

仕事中に、同期の声を聴くことがあった。知った声なので、慌てて周囲を見渡す。しかしその姿はない。その後、家族の声を耳にするにあたって幻聴だと自覚した。職場に家族がいるわけがないからだ。

感覚ではなく、理屈で理解した。そのときの衝撃といったら——。

それだけではない。帰りの電車の中で、別の可能性があることにも気づいた。

はたして体感している幻覚は、幻聴だけか。自覚していないだけで、実は空耳だけでなく、空目《そらめ》も体験しているのではないか。

もし空目を経験していたとしても、それを自覚できないことが、ままある。

たとえば職場に同期の姿を見かける。同僚でもいい。けれど、その人が「いま職場にいないはずの人」だったとしたら。社員ではない知人を職場で見かけていたとしたら。しかも自分が「その人が職場にいるのはおかしい」と判断できない状態になっているとしたら——。

背中に怖気《おぞけ》が奔《はし》る。

この考えは不幸にも的中していたらしい。私の奇行を問題視した上司が、健康管理センターへ連絡して、職員と面談させたのだ。

その後、強制的に病休を言い渡されたのは前述した通りである。

「あなたの笑った顔が嫌いなんですよ」

面と向かって言い放った上司は幕引きまで務めてくれた。

組合が調査に来ることもなかった。会社側の説明をそのまま呑《の》んだとなれば一方的すぎやしないかと、あとから思った次第である。

まあ現実なんてこんなものだ。

我に返った私は、呆然として馬淵川を見下ろしていた。

子どもたちの声は聞こえない。

私はハンドタオルで顔の汗を拭《ぬぐ》い、再び宿への道を歩き出した。

チェックインが始まる十分前に宿へ着いた。駐車場にまだ車はない。

外の自販機で熱い缶コーヒーを飲んでいるところに声を掛けられ、「予約客です」と話したら、「どうぞ中へ」と促された。

手続きを済ませてから部屋で一服し、一番風呂を楽しむ。風呂あがりに近場の神社を詣でて、座敷童衆が出るという広間でごろごろする。まだ客は自分一人だけだ。

天井が高い。広間には子どもの玩具《おもちゃ》や着物などが飾られている。この宿に出るという座敷童衆は男の子なので、独楽《こま》や凧《たこ》などが置かれている。

「こんなに玩具があっても、遊び相手がいなくちゃ寂しいよなあ」

誰もいない広間で零《こぼ》した。

ふと独り呟《つぶや》く自分の姿にばつが悪くなって、広間をあとにした。

驚いたのは、そのあとの夕食だった。

案内された場へ座ると、簾《すだれ》が下ろされて、卓に並んだ料理を前に一人きりになった。初めての経験だった。

——どこのお大尽《だいじん》だよ。皇《すべらぎ》かよ。こちとら下町生まれの庶民だぞ。小学生の頃は、生活費のために母が足踏みミシンで繕《つくろ》い物の内職をしていた。中学生時代は、学校では禁止されていたが、新聞配達のアルバイトで小遣いを賄《まかな》ってきた身だ。こんな豪奢《ごうしゃ》な扱いは一生に一度ではないか。藤ノ宮、あいつはいつもこんな宿に泊まっていたのか。

大きく深呼吸して、箸に手を伸ばす。並んだ料理と時間に舌鼓《したつづみ》を打つ。

実に旨かった。これまでの人生で口にした料理の中で五本の指に入る。藤ノ宮から「仰天するほど旨い」と聞いていたが、まさかこれほどとは。

予想外の満足感とともに部屋へと戻った。

勾配のある雪道を歩いたので疲れていたらしい。布団の上で横になると、猛烈な睡魔がおそってきた。消灯して布団に潜り込んだら途端に意識がとんだ。

とた、とた、と誰かが走り回る足音で目が覚めた。

暗がりで枕元の腕時計に手を伸ばし、バックライトを点《つ》けて盤面に目を凝《こ》らす。

深夜零時。針がぴたりと揃っている。

上の方から足音がする。暗くてまったく見えないが、上の部屋で子どもが走り回っているようだ。

はて迷惑な、と思って掛け布団をたぐり寄せたときに、眠気が吹き飛んだ。

部屋に誰かいる。

強烈な気配だった。場所を探るために感覚を研《と》ぎ澄《す》ます。

上だ。まさに足音が聞こえているところだ。

とたとた、と足音がする。布団の上、天井のあたりを走り回っている。

なぜ最初に上の部屋だと思ったのか。

足音は畳を踏む音ではなかったからだ。この『ぼたん』の部屋は畳部屋だ。なのに足音は板敷きを裸足《はだし》で歩いているような音なので、別の部屋だと思ったのだ。

……この部屋に二階部分はあっただろうか。

しかも、と思い出す。今夜の宿泊者に子どもはいなかった。夕食のときに周囲を見渡したが、談話室でも見かけなかった。一組だけ子ども連れがあったが、母親に抱っこひもで胸に吊られた当歳児《とうさいご》が一人だけで歩けるはずもない。

今夜、この宿で歩き回るような子どもはいない。

途切れがちだが、足音は続く。とたとたと歩き、少し休む。

起きたかな、とまるでこちらの様子を窺《うかが》っているようだ。

足音は軽い。大人ではない。足の動きも幼稚園児を想起させる。

まさか天井板を逆さに歩いているのかと考えて目を凝らすも、やはりなにも見えない。

足音の位置が妙だ、と気づく。

高さがおかしい。明らかに天井より下を歩いている。約四十センチ下方なのだ。もしその高さを歩いているならば、頭が天井を突き抜けてしまうではないか。

子どもなら、胸から上の部分が天井を突き抜けて消えている。あまり想像したくないが、がぜん興味が湧いた。

とた。とたとたとた。

立ち上がって手を伸ばせば届くような場に、誰かがいる。小さな子どもが歩き回って、こちらの様子を窺っている。

どうやら遊びに来てくれたようだ。

しかしどう対応したらいいやら分からない。

……立ち上がって足を摑《つか》もうとしたら嫌がるだろうな。では足の裏をくすぐるというのはどうだ。

見えないというのも困る。

やおら布団から抜け出して、脇の柱に沿って起き上がる。柱の横には室内灯のスイッチがある。

足音は途切れがちだが続いている。音が遠かったり、くぐもっていたりしたら別の部屋だと思えるのだが、こうも目の前ではっきり聞こえると疑いようがない。部屋の壁にしっかり反響しているらしく、音の場所まで推測できる。

そこにいるはずだと見当をつけて闇を見据える。スイッチに触れている指に力を籠《こ》める。

瞬間、闇が消えた。

蛍光灯に煌々《こうこう》と照らされた十二畳半の部屋で、私は一人立ち尽くした。

気配は無い。足音も聞こえなくなった。

子どもは帰ってしまったらしい。一緒に遊んでやれなかったことが返す返すも残念だ。

しかし、いったいどうすれば良かったのかわからない。

帰りに宝くじを買った。

幸せの時間は短い。私はよく知っている。有効期限はたぶん本日までだ。今日中に抽選されるものはないかと売り場で訊《き》いたら、ミニロトがあると言われた。自分で数字を選ぶものだそうだが、私は運を天に任せてクイックピックという自動選択方式で二千円分を購入した。

このときの当選金額は、いまのところ私の人生で最大のものである。

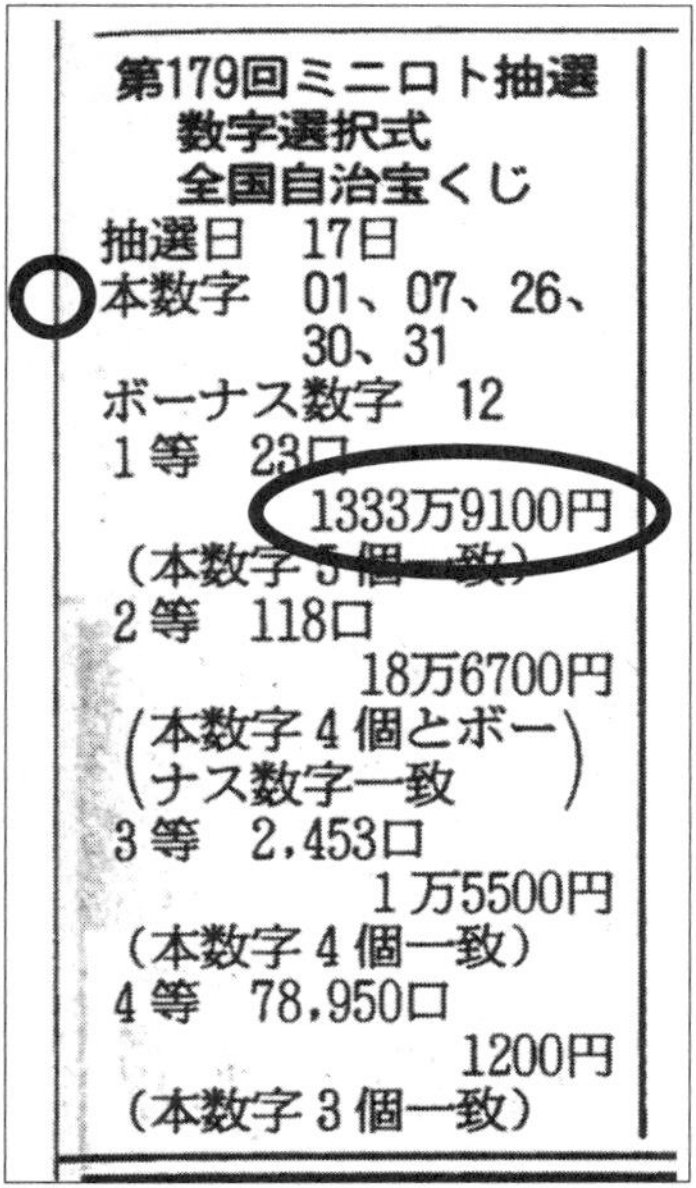
第179回ミニロト抽選
数字選択式
全国自治宝くじ
抽選日　17日
本数字　01、07、26、
30、31
ボーナス数字　12
1等　23口
1333万9100円
（本数字5個一致）
2等　118口
18万6700円
（本数字4個とボーナス数字一致）
3等　2,453口
1万5500円
（本数字4個一致）
4等　78,950口
1200円
（本数字3個一致）

著者提供

おーい

誰しも一度は『隠れ家』を持ちたいと思ったことはあるはずだ。『秘密基地』と言い換えてもいい。

自分だけの場所。世のしがらみから解き放たれて、ゆったり寛げる安息の場所。または仕事に集中できる場所。そんな場所が欲しいと思ったことは幾度となくある。話を生み出せる場所なら、それこそどこでもいいのだが。

集中できる空間を求めて、賃貸の部屋を探したことがある。そのときの話だ。

——◇◇◇——

守田良平《もりたりょうへい》。中学から大学まで、十年間共に過ごした仲だ。多趣味で人好きがする性格だったため、いろんな嗜好《しこう》の友人を持っていた。大学時代は出席せずに遊んでしまった科目もあるのだが、そんな科目のノートコピーを守田は苦も無く入手していた。世渡り上手なことは間違いない。私自身、彼の世話になった科目は幾つもある。

しかし守田は高所恐怖症を患っていた。二階以上に住めないので平屋住まいだ。レジャーとして訪れる観光地を選ぶどころか、社会人生活もままならない。心配して訊《き》いたことがある。

「卒業後はどうするんだ」

「実はさ、ミステリー作家になりたいと思ってる」

ミステリー好きの読書家だとは知っていたが、そこまでとは思わなかった。子ども時代はよく「怪獣博士になる」とか、中高生でも「霊感があるから霊能者になる」とか、他愛ないことを語るものだが、その延長線上にある夢の印象を受けた。

守田は「毎週欠かさずテレビの推理ドラマを観ている」と胸を張った。まるで「グルメ漫画を読んでいるから美食家になれる」と語るようなものだ。しかし本人のやる気を折るわけにはいかない。先は長そうだが、頑張れと励ますしかなかった。

「それまで生活費はどうするんだ」

「俺、親から受け継ぐマンションを二つ持ってるからさ。家賃収入でなんとかなるよ。管理人を雇えば執筆作業に集中できるし」

こちらは就職活動に汗を流す身である。なんとも羨《うらや》ましい限りだ。

そもそも取材先が制限される病気だというのに、作品を執筆できるのかと訝しんだが、やはり舞台となる場所の取材すらままならず、数年後に諦《あきら》めたと守田は零した。

「才能がなかったんだよ」

飲み屋で零す彼を慰めたものだ。

〝才能〟とは、夢を諦めるときに使う言葉だと知った。がむしゃらに取り組んでいるときには決して口にしない。結果論で語られる言葉だ。

ともあれ、守田は東京都江東《こうとう》区の生家で、マンションを経営して生活している。学生時代と変わらず、趣味に没頭できる生活環境が実に羨ましい。

そんな彼に、手頃な部屋はないかと電話で打診したのは五月下旬のことだった。

「あるよ」

守田は即答した。

「ただし、アレだ。心理的瑕疵《かし》がある部屋だけどな」

「住人が亡くなった部屋か」

「そんな部屋でもお前なら気にしないだろ。地方から出てきて、東京で就職した人だ。一年間住むという約束だったのに、ひどい五月病に罹《かか》ったらしくてな。気落ちしたその人本人と話したこともあったが、ゴールデンウイーク明けに、ベランダから飛び降りた」

「そりゃあ……難儀な話だな。ご愁傷《しゅうしょう》さまと言うべきか」

住人の男性がマンションから飛び降りたのは、五月二週目のことだった。

夜十時頃、同じマンションに住む帰宅途中の会社員女性が飛び降りを目撃した。すぐに通報されて近くの病院に運ばれたが、心肺停止の状態だった。

故人の部屋は念入りに調べられた、特に争った形跡もなく、財布やカード類などの盗難被害に遭《あ》った形跡もない。

遺書は見つからなかったが、故人が最近不安定な精神状態にあり、言動にも不審な点が関係者の証言から確認されたため、一時的な錯乱による事故または自殺とみられている。

守田の溜め息がスマホから聞こえてきた。

「人の心の動きなんて分からんよ。おかげで以後の家賃を取りっぱぐれた」

「それこそ、難儀な話だな」

「まだ次の借り手も決まってない。よかったらどうだ。安くしておくぞ」

「心理的瑕疵なんて気にしないよ。そんなことを思い煩《わずら》うくらいなら、こんな仕事は続けられん」

こちとらホラーやミステリーを描いてなんぼの身だ。

「とりあえず部屋を見せてくれないか」

「もちろんだ。いやあ、助かるよ」

スケジュールを確かめつつ、日を合わせた。


平日の昼下がり。

蔵前橋《くらまえばし》通りに面したファミレスの一階で、久しぶりに会った守田は少し太っていた。

「この店も久しぶりだが、まだ残っていたことにも驚いたぞ。一度も引っ越ししたことがないお前と同じくらい貴重な店だ」

「ヒトさんも人のことは言えないだろ。お前だって葛飾《かつしか》区亀有《かめあり》から一歩も動いていないだろ」

「まあな」自嘲気味に笑う。「お互い、ケツに根っこが生えてるな」

「ヒトさんは普段はどうしてるんだ」

「部屋の隅で蹲《うずくま》ってるよ。どてら着て、膝を抱えて泣きながらぶつぶつ言ってる」

「なんだ、普通の物書きじゃないか。安心したよ」

守田は表情を和らげた。冗談を言える相手は貴重だ。

「お前こそ、どうなんだ」

「近くの川縁《かわべり》を徘徊してる」

「……お互い健康的な生活を送っているようでなによりだ」

二人で笑い合った。

心なしか周囲の客の顔が引き攣《つ》っている。

二人で遅めの昼食を摂《と》りながら、しばし雑談に花を咲かせる。

「最近出た話題のあの本、もう読んだか」

「いや。執筆中は本を読まないよ。作品世界に引っ張られるからな」

「ふうん。そんなものか」

「そんなものだ」

作家になる夢を諦めたという守田は饒舌《じょうぜつ》だった。「もう自分は書かない」と宣言したうえで、手厳しい評価を下していく。まるで学生と話しているような気分になったことは否めない。

「ところで持病は続いているのか」

「高所恐怖症か。治らんよ、これは。一生付き合っていく病気だ」

守田は一度口を『へ』の字に曲げてから、再びスパゲッティカルボナーラを巻いたフォークの先を口へ運んだ。学生時代からの好みも変わらないようだ。

「高い場所を怖がるのは当たり前だ。危険なんだから」

この持病を語るとき、守田はいつも憤る。それだけ不便を感じているのだろう。彼曰《いわ》く、『低い場所でも、高いところと同じように怖がるのが高所恐怖症』なのだそうだ。

「駅のホームの縁《へり》に立てるようなら高所恐怖症じゃないな。高所恐怖症なのに、二階に住んでるなんて考えられねえぞ」

「今回の部屋は一階なのか」

「いや、八階だ」

彼は最後の一口をつるりと食べ終えた。

「だから部屋までは案内する。俺はベランダ側の部屋に入らないから、そのつもりでいてくれ」

「守田が八階まで上がれることに驚いたよ」

「エレベーターなら大丈夫だ。外が見えないからな。新幹線の二階席なんて、絶対アウトだけどな」

これでよく作家を目指していたものだと思う。作品を執筆するための取材は必要不可欠だと思っているので呆れてしまう。

二人で食後のコーヒーを終えてから、現地へと歩いた。

表通りから川沿いの通りに入ってすぐの場所に、マンションはあった。

一昔前なら湿地帯だった場所だ。子どもが足を取られたら、出られなくなってしまうほどの深いところもあったらしい。まるで底なし沼だ。それが今では都会の住宅街として近代建築の建物が並んでいる。

部屋は３ＬＤＫ。仕事部屋としては広すぎる。なんなら生活拠点にもなる。

「広さは充分だ」

家具が置かれていないので、さらに寂しく広く感じられる。私はドアを開けて次々に部屋を回った。奥のリビング二部屋が外に面している。カーテンを開けたら、ガラス戸の向こうに腰高の鉄柵がついたベランダがあった。八階なので、なかなか眺めがいい。

「俺はそっちに行けないから、ここで控えてるよ」

玄関の辺《あた》りから守田の声がした。こんな都会の景観を楽しむことができないとは、実に難儀な持病だ。

私は二部屋ともカーテンを開けた。一方から、ガラス戸を開けてベランダに出る。川を渡って吹き上げるビル風が心地良い。幸い空は晴れている。こんな日ばかりなら、休憩の際に心が洗われて気分を一新できる。さぞかし仕事も捗《はかど》るだろう。

私は大きく深呼吸をしながら目を細めた。

「おーい」

下から声がした。男の子の声だ。

私は手摺《てす》りに摑まりながら下を覗《のぞ》いた。

小さな公園がある。滑《すべ》り台と鉄棒、砂場があった。周囲は花壇になっていて、遊歩道が延びている。その先は川とビル街だ。

しかし人の姿はない。離れた通りを行き交う人が数人見えるだけだ。

はて誰の声だったろうと周囲をもう一度見回す。

「おーい」

隠れているのだろうか。

私は少し身を乗り出した。途端、視界が揺らいだ。

平衡感覚がおかしくなり、身体が軽くなる。まるで宙に浮いたようだ。

「う……おっ！」

本能が、危険な状況だと警報を鳴らす。私は鉄柵を摑んだまま腰を落として重心を低くした。

「どうした。なにかあったのか」

背中から守田の声がする。

「いや……ちょっと目まいがしてるだけだ」

「ベランダだな。なにがあろうと鉄柵から手を放すなよ」

「分かってる……」

私は鉄柵を握りしめたまま蹲った。

(手を放しちゃいけない……手を放すな)

呪文のように呟きながら、さらに身を屈めていく。床にへばりつくように身体を伏せて、頭を部屋へ回した。

部屋の板敷きの床が目の前だ。そこまで行けば安全だと本能が語りかけてくる。

私は身を回し、這《は》いずるように部屋へと入った。

ガラス戸に手をかけて、部屋に入ってくる風を追い出すように戸を閉めた。

風が止まった。脇へ引いていたカーテンの揺らぎが止まる。

目まいが収まり、私はふらつきながら立ち上がった。

なんだ、いまのは。

急激な目まいだった。身体も思うように動かない。上も下も分からないというのは、一時的に三半規管が麻痺《まひ》したのだろうか。子どもの頃にプールで溺《おぼ》れた体験を久しぶりに思い出した。

水泳の上手い下手に関係なく、平衡感覚が麻痺したときに溺れるという話を聞いたことがあるが、まさにそんな状態になった。

私はカーテンを閉めて守田を呼んだ。

「すまん、心配させた。カーテンを閉めたから、こっちに来ても大丈夫だぞ」

「……そうか。心配したぞ」

洗面台で顔を洗っていると、守田が顔を出した。

「俺こそすまなかった。足が竦《すく》んで動けなかった」

「いいよ。お前の持病じゃ仕方ない」

「そんな意味じゃ……」守田は言葉を濁《にご》らせた。「なにか飲みものを持ってこようか。一階に自販機がある」

「そうか。ペットボトルのミルクコーヒーがあればありがたい」

私はコーヒー党だ。

「分かった。待ってろ」

肩で息をしながら、守田の背中を見送った。

ほどなく戻ってきた守田からペットボトルを受け取り、壁を背にして板敷きの床に腰を下ろす。ミルクコーヒーに口をつけながら、守田に今しがた起きたことを話した。

「少し教えてくれ。ここに住んでいた人は、なにか言っていなかったか」

「いやあ、そんな話は初耳だぞ」

「そうか……」

自分のペットボトルを開けながら、守田も私の横に座った。

「実はな。亡くなった人から妙なことを相談されていた。部屋の外、ベランダに妙なものが見えるってな」

「どんなものだ」私は興味を持った。

「誰もいないはずなのに動く影があるってな。夜なんか、誰かが部屋の中を覗き込んでるとぼやいていたな」

「光の加減かなにかだろ。よくある怪談話だ」

自分にも覚えがある。単なる錯覚だ。

「それがな、あるときその影がはっきり視《み》えたそうだ。黄色いシャツに半ズボン。小学生くらいの男の子だ」

ベランダからなのか。下からではないということは、私が耳にした声の主とは違うのだろうか。

「ベランダを渡り歩いてきたのか。その子の家族へ連絡して帰してやったんだろ」

「時間は二十三時過ぎだぞ。それに、この八階フロアにそんな子どもがいる家族はいない」

「……七階や六階はどうだ」

「やはり該当する家族はいなかった。逆に相談されたよ。ベランダから子どもが覗いてるってな」

「そっちはどうだったんだ」

「頻繁《ひんぱん》に妙なことが起きると言い残して、その家族は引っ越しちまったよ。自称霊能者の家族で、『ここにはなにかいる』と騒いでいた。いい迷惑だ」

「あれま」

「亡くなった男性なんかは、とうとうベランダに監視カメラまで据え付けたよ。録画機能付のな。で、ある日ベランダに影が動いているのを視て、遠隔操作で録画した。

俺はベランダに行けないから管理人に対応を任せていたんだが、あとでその動画を見せて貰ったよ」

「なにも映ってなかっただろ」

「正解だ」

守田は瞑目《めいもく》した。

「なにも映っていなかった。ただ誰もいないベランダだけだ。……どうして分かった」

「カメラに映るようなら誰にでも見えるってことだからな。私は信じちゃいないが、幽霊だったとしても映らんよ。幽霊は視るものではなく、感じる存在だと思ってる」

「けだし名言だな。真実だ」

うんうんと守田は頷いた。

「そのあとで彼は部屋から飛び降りて死んだから、もうなにも訊けなくなっちまった。このマンションで奇妙な体験をしたのは、亡くなった男性と引っ越していった家族だけだが、共通するのは霊感があるらしいことだ」

「〝らしい〟ってなんだ」

「だって確かめることができないだろ。霊感なんてオカルト話のキーワードだぞ」

「それもそうだ」

私はペットボトルに口をつけて舌を湿らせた。

「実は亡くなった男性も、霊能があると零していたんだ。とんだクレーマーだと言って、管理人が悲鳴を上げてたよ」

「霊能力か。専門外だし、あまり関わりたくないな」

「まあそう言うな。お前も、もう関わってる」

「どういう意味だ」

守田はなにも答えず、ペットボトルの水をぐいぐいと飲んだ。

一気に半分空けたペットボトルを口元から放して、小さく息を吐《つ》く。

「霊能の場合はな、霊感が顕現《けんげん》しても、まず一種類だ。『視える』とか『聞こえる』とかな。感覚が研ぎ澄まされて霊感にまで伸びるのは五感の一つだけらしい。それだけ感覚を突出させることは難しいってことだな。視覚とか聴覚とか嗅覚とか、複数の霊感を持っているというなら、ただの霊能者を騙《かた》る嘘吐きだろうな」

「なんとなく分かる。あれもできます、これもできますなんて言う奴は信用できない」

「ちなみに味覚というのは聞いたことないがな」

「詳しいな」

「俺は高所恐怖症だからな。そんな持病で生活に制約がかかっていると、霊感に目覚めてしまうことがある。重い病気か、長患いをしたときに霊能力は発現しやすいそうだ。身体や感覚のつくりが変わるんじゃないかな、普通の人なら、うつ病とかな」

守田はこちらに視線を向けた。

「お前だって幻聴とは限らない」

「じゃあ、なんだ」

「本物の霊能力」

「よせやい、そんなものはないよ。私だけでなく、世の中にもな」

私はオカルトを信じない。正直なところ、何度かそれらしき体験はしている。しかし時が経《た》つと記憶は薄れてしまう。気のせいだと思うなり、記憶の底へ沈めるなりしている。

「……ふうん」

「なんだ、その目は。信じてないいな」

「ヒトさんさ。あんたには、きっと聴覚の霊感がある。でなければ説明つかないんだ」

「否定する」即答した。「ヤだよ、そんな能力。なにより胡散臭《うさんくさ》い。空耳はよくあるけどな」

「お前らしい」

くすりと守田は笑った。

「霊能力者は視覚がほとんど。だけどこれは視覚に長《た》けてる霊能者が多いわけではなくて、視覚なら自覚しやすいってことだと思ってる。聴覚なんて、空耳だと思っちゃうもんな。ヒトさん、幽霊を信じてないだろ」

「もちろん」答えるまでもない。

たしかに自分は空耳が多い。しかも、うつを患って以降に集中している。

けれど、それを霊能力だと思ったことはない。

最近ではいつだったろう——。

取材旅行のホテルだ。岩手県の宮古《みやこ》市にあるホテルに泊まったときだ。

＊

エレベーターでフロアに降り立ったときから、ずいぶん空気が澱《よど》んでいるなと感じたことを覚えている。

　シングルだったが部屋は広かった。バストイレ付でセミダブルのベッドに机と椅子、冷蔵庫。これだけあれば充分だ。

　部屋の窓から望むのは路地裏の風景。時折、三陸《さんりく》鉄道の線路の音。昼間は外出するので、帰宿してから資料をとりまとめる作業に集中できればそれでよし。贅沢《ぜいたく》は言わない。リーズナブルなので言えない。

　周辺を散策して、地理を頭に入れてから夜食用に値引きされた総菜を買い、バッグを膨《ふく》らませて帰るとくたくたになっている。二十三時過ぎにはベッドに潜り込んでいることが多い。

　うつらうつらしていると、部屋の中から機械音が響いた。足下からだった。

　携帯電話の、充電完了を報せる音だった。

　はて枕元に置いたはずの携帯電話の音が、どうして足下から聞こえるのだろうと不審に思ったが、すぐ思い直した。

　寝付いているときには、よくあることだからだ。

　横になっていると、頭にある感覚器官も通常の位置とは違う。枕に耳をあてているときも多い。上下左右の位置の把握に齟齬《そご》を起こしやすいのだ。

気にせず意識を沈めていくと、今度は部屋の中から水音が聞こえた。

じゃぼじゃぼと、湯を張っている音がする。

風呂場はベッドの足下の左側、ちょうどベッドと並んだ場所にある。さては蛇口が緩んだか。だが栓《せん》をした覚えはない。自分の部屋の中となれば聞き過ごすわけにはいかない。

「むう……」

起こされた不平代わりに、小さく唸りながらベッドから身を起こす。スリッパを突っかけて風呂場へと向かう。

閉じられたドアの向こうから水音が続いている。

電灯を点けて、把手《とって》を回した。

誰もいない風呂。チェーンが付いている栓は蛇口に掛かったままだった。

しかし水音は狭い風呂場に続いている。

じゃぼじゃぼ……。

「んー……？」

洗面台の水で顔を洗う。タオルで拭いながら、耳を澄ます。

じゃぼじゃぼじゃぼ。

音は止まらない。

目の前には乾きかけている浴槽《よくそう》。蛇口から水は出ていないのに、音だけが目の前の浴槽から聞こえてくる。

音の大きさや距離からして、浴槽に十センチほど溜まった湯船に蛇口から湯が注がれている。頭を浴槽に入れてみると、まさに音が大きくなる。本当に注がれているならこの辺りかと目算して頭を近づけてみるが、頭に水や湯がかかる感触はない。それでも、頭のすぐ下から音が響いている。

ふう、と溜め息を吐きつつ身体を起こした。

よくある怪談話ではないか。馬鹿馬鹿しい。ありきたりすぎて他人に話すことも出来ない。いわんや原稿にすることをや。

まただ。ただの幻聴ではないか。断言する。

他人に話したが最後、うつが再発したとか危ない奴だと思われるに決まっている。

私は肩を落としながら、電灯を消してドアを閉めた。ドアの向こうから名残《なごり》惜しそうに音が響いていたが無視することにした。

ベッドに戻り、寝入ったことは言うまでもない。

＊

あのとき視覚の霊能力があったとしたら、どうだったろう。

もしかして目の前に腐乱死体が視えたのではないか。映画『シャイニング』のように抱きついてきたら恐怖だが、幽霊は死んでいるから自律活動できるわけがない。

幽霊がいたとしても、なにも出来ないと私は思っている。いちいち相手をしていたら限りがない。騒ぐだけ馬鹿馬鹿しいし、「視た」という人も含めて鬱陶《うっとう》しいだけだ。時間と労力の無駄だ。

だから私も気に掛けず、できるだけ忘れるよう努めている。

存外忘れられないものだけれど。

「幽霊なんて創作物だ。いると思っちゃいない。でも、いたら刺激的で楽しめる。そんな話を書くのが私の仕事だ。だから書く」

「霊を信じていないお前が、霊能者の話を書くとはね」

私の作品の一つだ。霊能力がある人たちの話を連作にしたことがある。

「新刊エッセイに書いた覚えがあるが、あれはインスピレーションから生まれた創作だ。霊感とは関係ない」

「そうかなあ。ちなみにどんなインスピレーションだった」

私は当時を思い起こした。

＊

新人賞を受賞したものの、受賞後の第一作で苦しんでいた。このままでは物書きとして消えてしまうという、強烈な危機感と焦燥感があった。

ふと短編を打診されていたことを思い出して、居間でノートを広げた。コミックを原作としたミステリードラマのＤＶＤをＢＧＭ代わりに流しながら、いったん頭を空にする。

そこへドラマの主人公の決め台詞《ぜりふ》が聞こえてきた。

『ジッちゃんに、醬油《しょうゆ》をかけて！』

食うんかい。

思わず突っ込みを入れたが、すぐに思い直す。

──聞き違いではなかったか。醬油ではなく、ソースではなかったか。

刹那《せつな》、閃《ひらめ》いた。一気に話が組み上がり、ノートにペンを走らせた。

＊

懐かしい思い出だが、仕事の内輪話をそうそう他人に話せるものではない。

我に返り、私は守田に向き直った。

「ところで、なんでこんな話になった」

薄々気づいていた。守田は、先ほど私が体験したことに心当たりがあるのだ。

「守田、お前には霊感があるんだろ」

学生時代に本人から直接聞いたことがある。そのときはただの与太話だと思っていたが、どうやらそうでもないらしい。

「さっきから霊能力とは一歩離れた言い方を繰り返してるが、ブレてるぞ。大方、私の反応を窺《うかが》っていたんだろ」

「なんだ、バレてたか」守田は頭を掻《か》いた。

「なにを視た。正直に言え」

「実はな、さっきお前の呻《うめ》き声を耳にして、この部屋を覗いたんだ、そしたらベランダにお前がいた。その姿を視て、思わず足が竦んでしまったんだ。動けなかった。すまん」

「さっき聞いた。いいよ、お前の持病じゃ仕方ないんだから」

「いや、違うんだ」

守田はかぶりを振った。

「お前の頭を、無数の手が摑んでいた。薄茶色の腕がベランダの下から伸びていて、お前の頭を下へ落とそうとしていたんだ。肘《ひじ》すら見えない、細長い腕だった。……申し訳ない。助けようと思ったが、身体が固まってしまった」

私は言葉を失った。

「すまん」

辛そうな守田の瞳が、話は真実だと語っている。

「……そういうことは早く言ってくれないかな」

私は唇《くちびる》を尖《とが》らせた。

「なんなら俺の身体に触った状態で部屋を見回してみるか。霊能力は共鳴するそうだから、ヒトさんにも視えるかもしれんぞ」

「やめておく。……その手の持ち主は、まるでチョウチンアンコウだな。男の子の姿を感じ取れる者だけを襲ってるわけだ。幽霊というより物《もの》の怪《け》の類《たぐ》いだろ」

「あ、そうか」合点がいったとばかりに守田は膝《ひざ》を叩《たた》いた。

「本気にするなよ」

私は彼の肩に手を置いて、おもむろに立ち上がった。もうここにいる理由はない。二人で、もう一方のリビングを過《よ》ぎりながら玄関へ向かう。

「おーい」

外から声が聞こえた。

後ろにいた守田が私の肩に手をかける。振り向いたら、守田はベランダへ向けた目を剝《む》いていた。

私はベランダへ視線を向けた。この部屋はカーテンを開けたままだ。

ガラス戸の向こうに、それが視えた。

青い空と都会の街並みを背景にして、ベランダの向こうから『おいでおいで』している、下から伸びあがった細長い薄茶色の手があった。

私と守田は、固まったまましばし動けなかった。

「……ここはキャンセルだ」

それだけ口にするのが精一杯だった。

©keikyoto／PIXTA

# 見えない事故

平成二十八年七月六日水曜日のことである。

受賞一作目へ向けて根《こん》を詰めていたときだった。答えが見えない状況は、もやもやした思いが残る。

あとから思い起こしても首を傾《かし》げてしまう。

――◇◇◇――

ストーリーの中盤にさしかかり、犯人と主人公たちとの会話劇が始まる。

この場面に含めるのは犯人の動機と主人公の小さな気づき。うまく読み手に違和感を持たせることができれば場面が活きる。そのさじ加減が悩みどころだ。

書斎で天井を仰ぎながら、しばし熟慮していると、外から大音響が響いた。

一般の大型自動車が粉砕されたような音だ。部屋の時計に目を遣ると午前十時すぎ。

すぐさま部屋を出て、廊下の突き当たりにある、踊り場から外の道路を見下ろした。

私の家は、鉄筋の三階建ての一軒家である。一階は駐車スペースだが、倉庫も兼ねているので天井が高い。二階は両親が住む居住スペースになっている。そして三階が私の書斎を含む仕事場兼生活フロアだ。

三階の踊り場からは通りをよく見通せる。住宅街であり、付近に高い建物はないので、夏場には離れた隅田《すみだ》川花火大会も楽しめるし、冬の晴れた日には富士山を望むこともある。

先の大音響からして大きな事故を予想しながら南側に面した通りを眺めた。

——冗談じゃない。家に突っ込まれて外壁が傷《いた》んだら洒落《しゃれ》にならん。

だが、なにもない。

車が事故を起こして逃げたのかと思い、左右に伸びる道路を目で追うが車は一台もない。

音を聞きつけて家から出てくる人の姿もない。この時間は不在になる家も多いのだが、一人もいないとは。

あらためて付近を見渡した。

通りを行き交う車もなく、歩く人の姿もない。斜向《はすむ》かいの派出所にいる警官も、特に何事もない様子で立ち番をしている。

見慣れている、長閑《のどか》な風景。

まさか、あれが空耳だったのか。幻聴だとでもいうのか。

私は階段を下り、サンダルを履《は》いて外へ出た。

屋内に引き籠もって仕事をしている身としては初夏の陽射《ひざ》しがきつい。思わず額に手をかざしてしまう。気温はやや温かい程度だが、湿気があるので歩けば汗ばむくらいだろう。

玄関前に小さなガラス片があった。しかし左右を確かめても、歩道を歩く人影はない。車道を見通してもブレーキをかけたタイヤ跡もない。血痕もない。

念のため自宅をぐるりと回ったが、外周に損傷はない。シャッターや壁を擦《こす》った跡もない。最悪の場合、家屋に突っ込まれた可能性もあると見込んでいたので安堵《あんど》する。

これはどういうわけだ。自分の空耳だったのか。作品の執筆に没頭するあまり、うつが再発したのか。

嫌な汗が背中を伝う。

そのとき、シーツを払う音が上から聞こえた。

見上げたら、江藤《えとう》——私道を挟んだ隣家の主婦が洗濯ものを干している。布団や枕カバーを二階の物干し場で物干し竿《ざお》に架けていた。

彼女なら、なにか目撃したかもしれない。

「すみませえん」私は声を張り上げた。私の母と同い年で、近所づきあいを重ねているので気安い。

「たったいま、大きな音がしませんでしたかぁ」

「え、そうなの」

遠目でも彼女が困惑している様子が分かる。

「いえ、ごめんねえ。気づかなかったよ」

「そうですか。……どうもありがとうございましたぁ」

私は再び通りへ向き直った。

あれだけの音だ。気づかないはずがない。わざわざ嘘を吐く理由はない。やはり私の空耳だったのか。

溜め息を吐きながら、前の通りに目を遣る。

白いガードレールが伸びている。二本のライトグリーンのパイプがついているタイプだ。二つ前で途切れているのでそこまで視線を伸ばすと、端が心なしかひしゃげているような気がする。

「……！」

しかしあからさまに曲がっているわけではない。近づいても注意しないと気づかないほどだ。

角の柱の周囲に無数の小さなガラス片が落ちている。ミラーの破片のようでもある。大事故ではないが、やはりここでなにかが起きたのではないか。

俄然興味が湧いて、私は周囲の路面を確認することにした。

うろうろと家の前を歩き回る。現に、玄関前に真新しいガラス片があったのだ。注意してみると、他にも破片が落ちている。ガードレールの端を基点にして二メートル程度だろうか。それ以上離れた場所では、目視による確認は困難だった。小さな破片なのか砂利なのか、判別がつかないのだ。

どうやらなにかあったことは間違いなさそうだが、極めて小さな自損事故だったようだ。

ふとガラスを踏む音を耳にしたので顔を上げると、通りの向こうの舗道を自転車が通っていった。

――対向車線側にも破片が落ちているのか。

左右を確認して通りを渡る。住宅街だが、センターラインがある五メートル道路はそれなりに幅がある。

自宅前からは分からなかったが、破片が散乱していた。小さすぎて気づけなかったのだ。数からしたら明らかに自宅の前より多いが、ガードレールの周囲ほどではない。

二十メートルほど離れたところに派出所がある。表に立ち番をしている警官がいたので、私は彼に聞いてみることにした。空耳だったとしたら質問するだけ迷惑になるかなと思って二の足を踏んでいたのだが、物証を確認したので腹も据わった。

「いや、なにも見ていない」

立ち番をしていた警官は言った。

「ずっとここに立っていたが、特になにもなかったがね」

毅然《きぜん》としている。たしかに事故を目撃したのなら駆けつけるのが仕事なので、知らないと答えるわけがない。彼が微動だにせず派出所前に立っていた事実こそが、『何事も無かった』証明なのだ。

しかし私も『そうですか』と引き下がるわけにいかない。私の幻聴だったということになるし、なにより路面に無数の破片が散らばっているのだ。

「たしかに聞いたんですよ。凄まじい音でしたよ」

食い下がっていると、派出所の奥の部屋から別の警官が出てきた。立ち番をしていた警官より、やや年嵩《としかさ》に見える。

「さっきの話か」

彼は立ち番をしていた警官に話しかけた。

「はい。でも私は、本当になにも見ていませんよ」

むう、と年嵩の警官は唸ってから、私に向き直った。

「実は、私も聞いたのですよ。あの大きな音をね。中の部屋で事務仕事をしていましたが、あまりに大きな音だったので、すぐさま出てきて彼に確認しました」

「あなたもですか」

私は嬉しくなった。少なくとも幻聴ではない。

「でもね。この通り、彼はなにも見なかったし、聞かなかったと言う。念のため私も左右の道を確認したが、走り去る車もなかった。歩行者もいない。事故車もなく、怪《け》我《が》をした人もいない。私の空耳だったと結論して奥の部屋へ戻ったのも当然でしょう」

「お互い、空耳ではなかったようですよ。なんらかの事故の形跡が残っています。案内しますので、どうぞ現場を確認してください」

私は二人を促した。

事故現場といっても派出所から二十メートルほどの距離である。『見れば分かる』距離なのだが、散乱している破片が小さすぎるのだ。

「ああ、本当だね」

年嵩の警官が散らばっている細かいガラス片を確認して腰を落とす。立ち番をしていた警官も屈みこんで、目の高さを低くする。

路上に、陽に映えた破片が川面《かわも》のさざめきのように光っていた。

続いてガードレールを確認したが、特に異常は見られなかった。

「こっち側じゃないのかな」

年嵩の警官が呟いた。

「対面を確認しよう」

三人で道路を渡り、私の家の前に立つ。玄関前をつぶさに観察するが、さほど破片は見当たらない。

「こっちで事故ったのだと思いますよ」

私はガードレールの先まで案内した。

柱が心持ちひしゃげているように見えるが、なにかが当たったにしては程度が小さいように思える。

しかし破片は集中していた。明らかにここが基点だと見てとれる。

「破片が広がっている位置はどうかな」

私の家の玄関前で、三人並んで道路を見渡す。

最も破片が多いのは、家の前にあるガードレールの右端である。そこから破片が散らばっている。家の正面、対向車線側まで飛んでいることを考えると、そこそこ大きな事故だったのではないか。最初に聞こえてきた大音響のせいで、どうにも大事故のイメージが頭から払拭《ふっしょく》できない。

「破片からして、サイドミラーのような気がする。電柱か街路灯に当たって砕けたのではないかな」

しかし電柱も街路灯も少し離れている。そこに衝突したと考えるのは不自然なほどに。

「高さもおかしいですよ。自転車にせよ車にせよ、ガードレールの高さと合わない。サイドミラーの位置はガードレールの柱より高いですから」

むう、と年嵩の警官が顎《あご》に手をあてて思案する。

横から、立ち番をしていた警官が口を開いた。

「しかし私は現に見ていませんからね。気づかないくらい小さな出来事だったとしか考えられない。車やバイクではなく、自転車でしょう。なにかの拍子でよろけてしまい、車体が傾いたところにガードレールの柱があった。そこへハンドル横につけていたサイドミラーが当たり、砕けてしまった」

たしかにその説明が理にかなっているように思える。しかし私はどうにも釈然としなかった。三階の奥の書斎まで響いた大音響にそぐわないのだ。

彼は続けた。

「血痕もないし、当事者の姿もない。すぐに立ち去ったということは怪我をしていたとしても擦《す》り傷程度だったと考えられる。破片からしてミラーの一部だろうし、小さな自損事故だろうね」

三人で自宅の玄関前まで来ると、上から物音がした。

隣家の江藤が二階のベランダにある物干し場で大きな洗濯籠《かご》を抱えている。洗濯物を干し終えたところらしい。

「奥さーん。ちょっとすいませーん」

年嵩の警官が声を掛けた。

屋内へ引き上げようとしていた彼女の足が止まる。籠を抱えたまま半身で振り返る。

「奥さん、少し聞きたいことがあるのですが」

「え。もしかして、さっきの話かな」

私たちを見下ろしながら彼女は答えた。

「今し方、なにか見ませんでしたか。大きな音がしましたので、事故があったのではと調べているところなんですよ」

「ああ、やっぱりさっきの話ね」

彼女は籠を下ろして、ベランダの手摺りに手をかけた。

「さっきも話したけど、大きな音なんて聞こえなかったよ。事故なんてとんでもない。なにも見なかったしね。気づきもしなかったんだから」

「ガードレールや街灯や家屋の壁にも損傷がないので、警察としては介入できませんね」

事故当事者もいないし目撃者もいない。これでは事件にはならない。納得せざるをえなかった。

「分かりました。ありがとうございます」

年嵩の警官は軽く挙手して礼を言った。

「……どうも、そういうことだね」

立ち番をしていた警官が私に声をかけた。

「分かりました。お騒がせしてすみませんでした」

「いやいや、またなにかあったらお知らせください」

二人の警官たちは派出所へ帰っていった。

なにかあったことは間違いないが、私の耳が異常に反応したらしい——そう結論づけて、私は自宅の階段を上り、二階の玄関口へと戻った。

二階のベランダは花壇になっている。高齢の母が毎日のように手を入れているが、季節ごとに咲く花は家族の目を楽しませている。奥には大きな水槽を設《しつら》えてあり、カメがいる。

おや、と呟いて私は玄関のドアにかけていた手を止めた。

この時間だとひなたぼっこに出ているはずのカメは水の中へ潜っている。いや、気になったのはそんなことではない。

物干し台の袂《たもと》に、見慣れないものが転がっていた。

黒い大きなものが落ちている。

拾ってみると、硬質ゴムのような感触だった。自転車のシートか、車のバンパーか、バイクを含めたサイドミラーを想起させる。大きさにして二十センチくらい。明らかに自動車やバイクの部品だ。

一階の天井は高い。二階のベランダの手摺りまで、地上から四メートルはある。それを飛び越えてきたのだ。

なんらかの事故があったにせよ、ここまで破片が飛んでくるものなのか。ガードレールにぶつかったのち、向こう側の通りだけでなく、上方へ数メートル飛んだことになる。

転倒事故なら、破片は慣性の法則で転倒した場所よりほぼ前方に飛び散る。何かにぶつけたならば、その周辺に広がって散乱する。しかし数メートルも上へ大きな破片が飛んだということは、上方へ向かう大きな力学的エネルギーが伴ったことになる。

そんなことがあるものだろうか。やはり転倒ではなく、衝突した相手がいたのではないか。

二階の庭から道路を見下ろすと、二人の警官は斜向かいの派出所へ入るところだった。

新たな物証を手にして、再び私は派出所へと向かう。

二人の警官は、黒い大きな破片を前にして目を瞠《みは》った。

しばし黙りこくっていたが、やがて年嵩の警官が口を開いた。

「もしかしたら――稀《まれ》にだけれど、夏になるとこんなケースが出てくる」

彼は説明した。

「鏡を嵌《は》めているサイドミラーの密封性が高く、覆っているカバーが黒い場合、熱により内部の空気が膨張する。それは清掃車に入ったスプレー缶のように爆発することがある。しかも運転者はラジオや音楽を聴いていたりすると、気づかずにそのまま走り去ってしまう」

そんなことがあるのだろうか。しかし『ある』と言われたものを反証も無く『ない』とは言い返せない。

「広範囲に破片が散らばることが特徴なので、たぶんそれではないかな」

「はあ、なるほど」

もどかしい思いは消えないが、潮時だ。これ以上話が先へ進まないことは予想がつく。

「ありがとうございました」

頭を下げて、私は帰路に就いた。

ガードレールの柱が曲がっていたように思えたが、以前からだったようだ。だが、はたしてサイドミラーが爆発しても気づかないものだろうか。いや、気づいたが派出所の前だったため面倒事になるのを嫌って走り去ったということだろう。立ち番の警官は、大音響が耳に入らないほどに、なにか考えごとをしていたのかもしれない。たまたま私の自宅にさしかかったところでサイドミラーが熱膨張で爆発するなんて、偶然にもほどがある――そんなことを考えながら自宅へ戻り、二階への階段を上がる。

二階の庭を歩くと、細かい破片が花壇の隙間に転がっている。

水槽を覗くとカメと目が合った。エサを貰えるのかなとにじり寄ってきたが、朝に与えたので今日の分は仕舞いだ。身を引いて水槽から離れた。

ベランダから派出所を見たら、二人の警官は中で椅子に座って話し込んでいた。

そろそろ昼飯時になる。通りには、近所のスーパーへ向かう主婦が見えた。すれ違うのは、公園から帰ってきたらしい、幼い子ども連れの姿。

いつも通りの、穏やかな住宅街の情景だ。

不思議なもので、斜向かいに派出所があるというだけで安心できる。年末などは泥酔したタクシー客が大声で叫んでいることもあるが、概《おおむ》ね平穏無事な生活を営める。実にありがたい。

多少不可思議なことが起きても、気にしないで忘れることが得策だ。

事故が見えない場所にいた、私と年嵩の警官は大音響を耳にしている。屋外へ出ていた隣家の主婦と立ち番の警官はなにも聞いていないしなにも目撃していない。これでは真逆ではないか。

共通するのは『見ていない』こと。これでは追求する余地がない。

小さく溜め息を吐いて家へ入ろうとしたら、通りの左から一台のバンが走ってきた。

バンは速度を落とすことなく、派出所の手前で、突然左の歩道に向けて大きく曲った。歩道に人の姿はない。

車道と歩道を隔てているガードレールに正面から突っ込んでバンは止まった。ガードレールがなければ、そのまま派出所に突っ込んでいるコースだ。

目の前で起きた事故である。私は成り行きを注視した。

事故に気づいた二人の警官が動かなくなったバンに近づいていき、声をかける。

しばらくして一台の救急車とパトカーが駆けつけてきた。

運転していた男は、首に大きなタオルのようなものを巻かれて、覚束《おぼつか》なげな足取りで救急車へと乗り込んでいく。

人が少ない時間帯だったので見物人の姿もない。

それにしても、なぜ歩道のガードレールへ向けて突然ハンドルを切ったのか。派出所へ向けた私怨《しえん》だろうか。もし歩行者がいたら巻き込まれていたに違いない。

見えない事故より、目の前で起きた事故の方が問題が明白になって、妙に安心してしまうのはどういうわけだろう。

私は部屋へ戻りつつ、自嘲気味に笑った。

いまの私には、昼食をカレーにするかラーメンにするかという問題の方が大きいと気づいたからだ。

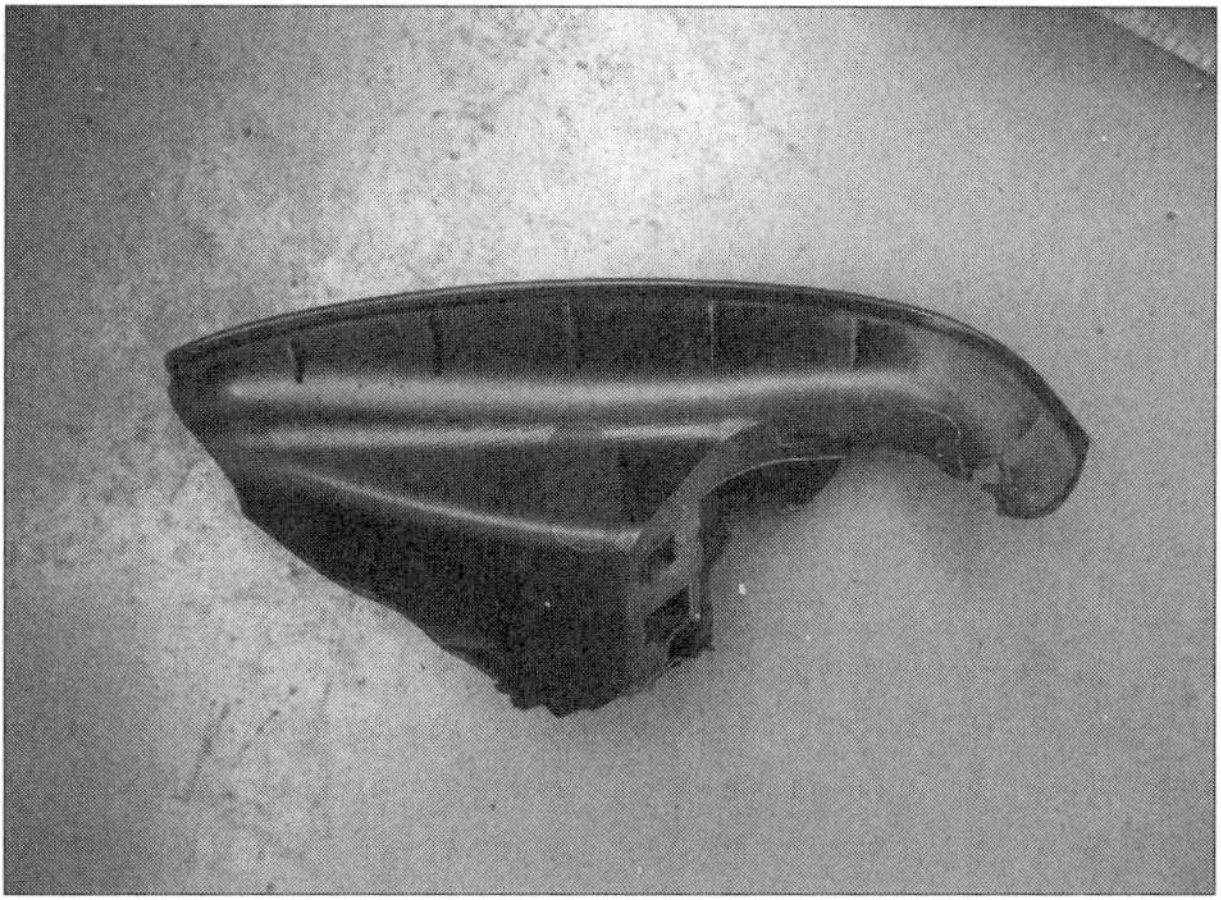

著者撮影

# 寿桜

ワインレッドの車がホテル前に止まった。周りから声を掛けられながら一組の男女がドアへと向かう。乗り込もうとしたところで、女性が振り返り、見送りに来ていた中年の男に声をかけた。

「お父さんお母さん、それじゃ楽しんでくるねー」

「ああ、行っておいで。信也《のぶや》くん、亜紀子《あきこ》をよろしくな」

「任せてくださいよ、お義父《とう》さん」

挨拶をして、信也が亜紀子に続いて車に乗り込む。ドアが閉まり、スポーツタイプの車はゆっくりと動き出した。その後ろから数台の車が続く。

十六時半。定刻通りに披露宴が終わり、新郎新婦が友人たちと二次会の会場へ繰り出していく。少し離れた場所で、私——進木独行は恩師である元橋保《もとはしたもつ》と一緒に彼らを見送った。

「披露宴を終えたばかりだというのに忙《せわ》しないな」

「元橋さんも、とうとう花嫁の祖父ですね」

「空港にあるホテルで二次会パーティーだそうだ。明日から、そのまま新婚旅行だ」

「いまどきの結婚式にしては昔馴染《むかしなじ》みの型ですね。勝手気ままに籍を入れて、思いつきで旅行やイベントを組む人たちが多いと聞きましたが」

「親戚になる人たちには、きっちり挨拶しておけと多めに祝儀を渡したからな。礼儀の型は護《まも》って貰うさ」

私は頷いた。多めの祝儀が魅力だったのだろうとは口に出せない。

「元橋さんは来年八十ですよね。その頃には、ひ孫の顔を見られそうですね」

「進木くんはどうなんだ。お相手は見つかったのか。もう周回遅れじゃないか」

「いやあ、物書きをやっていると、なかなかそちらへ気が向かないもので……」

とんだやぶ蛇だったかなと頭を掻く。

実際、二十四時間頭を創作へ向けているので恋愛事は二の次になっている。自分の世界へ閉じ籠もらないと作品を生めないのだ。

連れ合いも子どもも要《い》らない、ただ話を紡《つむ》ぎ続けたいという、なにかに憑かれたように物書きという仕事をしている。カタギの世界とは縁がないなあと、つくづく思う。

「しょうがない奴だな。どれ、ロビーでコーヒーでも飲むか」

「はい」

二人並んでホテルへ戻る。

ロビーの一角にあるコーヒーラウンジでは、披露宴に出席していた元橋の親戚や友人たちが談笑している姿をちらほらと見かけた。かくいう私自身もその一人なのだが。

しかし私は例外でもある。親戚の一人が急病で出席できなくなってしまったので、『友人』として出席してくれないか」と元橋から連絡があったのが昨日のことだった。

なにしろ空席を出すわけにはいかない。ある程度スケジュールに柔軟な仕事をしているからという理由で私に白羽の矢が立ったらしい。

仕事が少ないからスケジュールに柔軟なのだとは言えない。

そこで急遽《きゅうきょ》、新婦の祖父の友人というかたちで披露宴に出席した次第である。

コーヒーラウンジの片隅で、元橋の奥さんたちが黄色い声を上げていた。それぞれ歳なので、傍目《はため》にはお祖母《ばあ》ちゃんたちの井戸端会議だ。

「本当、みんな久しぶりよねえ」

「夕里子《ゆりこ》ったら、変わらないじゃない」

「緑《みどり》ちゃんは四人も産んだって」

「佳子《よしこ》なんて孫が六人だってよ」

「和美《かずみ》の旦那さんねえ、小さい会社だったけど、去年上場されたそうよ。これでいっぱしの社長夫人」

奥さんがいるというのに、元橋は二つ離れたテーブルを選んで腰を下ろした。

「三人寄れば姦《かしま》しいというが、五人もいたらたまらんな」

独り言《ご》ちながら、元橋はテーブルサイドにあったメニューに目を通した。

「この時間だと酒がないんだな」

元橋は酒好きである。特に日本酒が好きで、利《き》き酒のイベントがあると飛び込んでいく。鼻が利くのが特徴で、本人曰く「利き酒は、舌より香りで見分ける」のだそうだ。

「喫茶室にアルコールを求めるのもどうかと思いますよ」

二人でブレンドコーヒーを注文した。

元橋とは、実に三十五年以上の付き合いになる。私が会社員になって、初めて配属された部署での上司だ。

よく言われることだが、最初と最後の勤務地は絶対に忘れない。最初の上司もまた然《しか》り。社会人としてのイロハを教えてくれる貴重な存在だ。上司にはいろんなタイプがいるが、私は恵まれていたと思う。学生時代の甘ったれた考え方や性格を、短期間でいっぱしの社会人として通用するものに正してくれる。

元橋は面倒見の良い上司だった。当時配属された部署は営業課だったが、彼はそこの『担当課長代理』という役職だった。『主任』の上であり、事務職では『係長』や『主査』に相当する。ときに初歩的なミスを犯してしまう私の尻ぬぐいまでしてくれた。何度世話になったか分からない。申し訳ない気持ちになり、営業車の運転などを率先して買って出た。自然と仲良くなり、以後はなにかあると私事《しじ》でも連絡をとりあう仲になっている。

離れたテーブルから、女性たちの遠慮ない賑やかな声が届く。

「楽しそうですね。奥さんのお知り合いの方々ですか」

元橋は、連れ合いのいるテーブルを一瞥《いちべつ》した。

「あの女性《ひと》たちは、妻《あれ》の旧《ふる》い同僚だ。東京市外電話局で電話番号案内をしていた頃からだから、もう五十年以上になるかな」

「ごじゅ……」

思わず言葉を詰まらせてしまった。五十年となると、もう人生の友だ。掛け替えのない知己だ。

そして『東京市外電話局』という名称。昭和の時代に閉局したが、日本の重要な電話交換業務を担っていた局だ。そんな電気通信の歴史を経たからこそ次世代へ繋がり、現在のスマホやネットがある。

昔は銭瓶町《ぜにがめちょう》とか辰の口《たつのくち》と呼ばれた場所に東京市外電話局はあった。現在では東京都千代田区《ちよだ》の大手町《おおてまち》、JR東京駅の近くに記念碑がある。このホテルからも、そう遠くない。

「懐かしいな」

昔を思い出したのか、元橋は懐かしそうに目を細めて天井を仰いだ。

「何度か話したことがあったかな。私は、営業職に転属する前は現在で言う総合職だった。つまり総務だな」

「はい。総務のときに女性嫌いになったというお話を何度か伺いました」

元橋の女性嫌いは有名である。昔ひどい目に遭ったらしいことは容易に想像できたが、あえて訊くことも躊躇《ためら》われたので、いままで具体的な話を聞いたことはない。

「東京市外電話局に配属されていた時代もあった。交換手はみんな女性だったが、そんな職場の総務として彼女らの面倒をみるのが仕事だ。しかし若い女性も多いからな。面倒事は業務に収まらないものも多かった」

「迷惑な客がいたそうですね」

東京市外電話局のトラブル事例は有名である。迷惑電話が頻繁にかかってくるのだ。自分も経験があるが、特に女性交換手に多い。相手が女性とみるや、豹変《ひょうへん》する男性が少なからずいることに辟易《へきえき》する。

昭和の時代、迷惑電話対策は重要な課題の一つだった。

番号案内や116番の女性交換手に対して、口説《くど》いたうえでデートを強《し》いる、困った男性が多かった。業務妨害も甚《はなは》だしい。東京市外電話局の前では、ナンパ目的の男たちが列を成していたという。さすがに迷惑なので女性交換手たちから苦情が上がる。

現在では会話内容を録音したり、対応部署を物理的に離したりしている。たとえば東京からの発信の場合、受信する部署は仙台や金沢といった具合だ。

「それならまだいい。女性社会だろ、お局様《つぼね》もいる。派閥争いとか、ちょっとしたことで諍《いさか》いになる。休憩時間に誰が同僚にお茶を淹《い》れるか、配る順番はどうとか、それこそどうでもいいことで突《つ》っ き合う。男みたいに喧嘩《けんか》騒ぎになれば分かりやすいが、女性社会だからな。ねちねちと言葉でせめぎ合うんだ。毎日それを仲介して回るのが嫌だった。たまらんぞ」

「それは……ご愁傷様です。でもそんな職場は全国にありますよね。女性不信に陥る男性が毎日生まれる環境とも思えませんが」

「それだけなら、まだ良かった。私の場合はな、東京市外電話局内のみならず、女子寮の管理も仕事の範疇《はんちゅう》だった」

「女子寮ですか」

「そうだ。地方から東京へ単身来た女性もいる。そんな人たちの生活環境を整えるべく、会社は女子寮を用意した。台風や電車の車両故障で通勤に支障が出ても困るので、近場にな」

場所を訊いたら、たしかに近い。まさか都心のど真ん中にそんな場所があったとは。

「初耳ですね」

「そこの管理業務も兼ねていたんだ。毎日女子寮に出入りして、更衣室の忘れ物とか風呂場の石けんなんかの備品をチェックする。新たな入寮者を迎えるときや寿《ことぶき》退社のときは部屋を清掃する。相談相手にもなる。そんな雑事を、すべて賄っていたんだよ」

女子寮に、一人だけの男性管理人だとお。

少年漫画のラブコメが一気に脳内で展開する。男にとって夢のような世界が、いまここに。

「男の本懐に近い環境だと思いますが」

「進木くんは独り身だから仕方ないかもしれんが。女性に憧れを持ちすぎだ。現実はそんなもんじゃない。プライベートの生活の場だから遠慮がない。職場なんて目じゃないぞ」

元橋は憐憫《れんびん》の眼差《まなざ》しを私に向けた。

「特に私が気になったのは臭いだ」

運ばれてきたコーヒーのカップを口元へ近づけて香りを楽しみながら、彼は呟いた。

「生きものは特有の臭いを持っているが、人間の男と女の臭いはまた違う。一対一ならそれほど気にならないが、集団だと圧倒される。まんま凶器だぞ。昨今声高に叫ばれている煙草《たばこ》なんてどうでもいいと思えるくらいだ」

元橋は煙草を嗜《たしな》まない。

「毎日そんな空間へ赴くことが仕事だった。……私はそれがたまらなく嫌だった」

たぶん本心だ。彼が女性嫌いになった一因を聞いたのは初めてのことだった。

「でもご結婚されましたよね。克服されているように見えますが」

「個人は別だ。私が嫌いなのは、女性の集団なんだよ」

『苦手』ではなく『嫌い』だ。強く拒絶している。臭いに敏感な鼻のせいかもしれない。

「だから彼女らには近づけないんだ。妻《あれ》の寄り合いには顔を出さないことにしている」

元橋は頭を回して、離れたテーブルで談笑している女性たちを見遣った。

「特に、彼女たちが集まると昔を思い出すからな」

「女子寮の管理人時代の方々ですか」

「『寿桜の狂《じゆおう》い咲き』の同期だよ」

「じ……女王、ですか」

「いや、寿《ことほ》ぐ桜《さくら》と書いて『寿桜』と呼ぶ。分かりづらいので『ことぶきざくら』と呼んでいた人もいるがな。当時の女子寮では有名だった」

「なんですか、それ」

「知らないのも無理はない」

元橋は向き直り、居住まいを正した。

「当時、女子寮の敷地内に大きな桜の木があった。樹齢は分からないが、創業と同じなら明治二十三年から生きている計算になる。春になると、満開の桜の花が入寮者の目を楽しませてくれた。それと新たな入寮者を迎えるだけでなく、春は恋の季節でもある。縁が結ばれて結婚する女性もいた。寿退社する彼女たちは満開の桜を見上げて、『桜が祝ってくれている』と目を細めながら呟いたもんだよ。誰ということもなく、女子寮の桜の木は『寿桜』と呼ばれるようになった」

「なるほど、彼女たちもその恩恵に与《あず》かったということですか」

再び私は離れたテーブルの老婦人たちに視線を向けた。

「妻《あれ》たちは特別だ」

「どういうことですか」

「ある年のことだがな、二十一組もの結婚が重なった。『寿桜の狂い咲き』と呼ばれている」

「そりゃすごい」私は目を剝いた。「なにかあったんですか」

「まあ、切っ掛けはある」

元橋は徐《おもむ》ろに話しはじめた。

——その年、正月明けに一組の結婚があった。相手は化粧品会社の男性だった。百貨店の化粧品売り場で、仲良くなった店員さんとお喋《しゃべ》りをしていたときに、相手が新製品の売込みを兼ねて訪れて二人は知り合ったそうだ。「たくさん試供品を貰った」と嬉しそうに話していたよ。

二人は数回の逢瀬《おうせ》を重ねて、二ヵ月後にはゴールインした。彼女たちは祝ってくれた同僚へのお祝いにと、試供用の化粧品を大量に女子寮に寄付してくれたよ。

女子寮の女性たちが色めき立ったのは言うまでもない。毎月の給与の使い道に大きな割合を占めていた化粧品代が、少なからず浮くからな。

だが、あっという間だった。みんな際限なく化粧品を自室へ持っていって使うものだから、一ケースがすぐに空になった。

同時に、浮き足だった女性たちや化粧品会社の独身男性たちが飲み会やイベントで知り合う機会が増えた。最初の組から三週間後、三月の終わりには二組が籍を入れた。

さらに、また化粧品が寄付された。験担《げんかつ》ぎというか、恒例になる勢いだったな。

しかし前回のように、折角の化粧品がすぐになくなっては行き渡らなかった女性たちから苦情が出る。同じ轍《てつ》を踏むわけにはいかない。

寄付された化粧品の類いは私が一括して管理することにした。さらに一計を案じ、清掃を手伝ってくれた人に対してのみ、使いたい放題にした。普段は面倒で鬱陶しい女子寮の清掃だったが、このときはサボりがちな入寮者からも掃除志望者が殺到した。

結婚話が次々と湧いてきたのはそれからだった。

職場や知人からのお祝い会。披露宴パーティー。集まった男女が、次々と恋仲になり、ほどなく結ばれていった――。

「ご祝儀で首が回らなくなったぞ」

コーヒーカップを手に、元橋は苦笑した。

「でしょうね」

私も引きつった笑いを返した。甥っ子や姪っ子のお年玉で毎年苦労しているので、その辺りの苦境に対する思いは同じだ。

それにしても極端だ。全員、知り合ってから数ヵ月で結婚というのも出来すぎている。

「彼女たちの中に、妙な臭いを感じ取ったのはその頃だ」

「……臭い？」

私は片眉を上げた。

「そうだ。入寮者の女性たちから妙な臭いを感じ取った。男を惑わせる、フェロモンというやつかなと思ったが、それならいままでにも嗅《か》ぎ取ったことがあるはずだ。さては新製品の化粧水の匂いかとも考えたが、化粧品の匂いとは違うものだと直感的に悟った。その頃の彼女たちは、提供された化粧品しか使っていなかった事実もある。化粧品に使うはずのお金はすべてデート代にしていたからな」

元橋はコーヒーを飲み干して、手元の皿に置いた。

「女の臭いとはまた違う。いままで嗅いだことのない、別種の生きものの臭いだった」

「ほう」

物書きとしての嗅覚が疼《うず》く。

人の中に、人とは違う生きものが混じっている――まるでホラーではないか。

どんな生きものなのか、なぜ人の中に紛《まぎ》れるのか、興味は尽きない。それだけでなく、誰が違う生きものなのか。ミステリーでいうフーダニット、犯人捜しだ。これで奥さんだったとなれば、古典の雪女オチになってしまうのだが。

「もちろん臭いの正体を探ったんですよね」

「当然だ」

「で、どうされたのですか」

「その前に、喉《のど》が渇いたな」

元橋は飲み干したコーヒーカップを名残惜しそうに見つめた。水が入っていた、隣に置かれているグラスはとうに空になっている。

『銭形平次《ぜにがたへいじ》』じゃあるまいし、『その前に水を一杯』の八五郎《はちごろう》か。そういや元橋は時代劇が好きだった。

すぐにウエイターを呼んで、コーヒーのお代わりと水を注文した。

「臭いの元はどこだろうと辿《たど》ってみることにした。最初は彼女たちの身体から嗅ぎとれたが、別の場所から漂ってくることも多かった。彼女たちが大勢いる場所では、臭いが散ったり混ざり合ったりして、どうにも臭いの元を特定できない。そこで彼女たちが職場に出て留守になる昼間のうちに調べてみようと思ったんだ」

運ばれてきた追加のコーヒーに砂糖を入れてかき混ぜながら、元橋は再び話しはじめた。

——四月の中旬だったかな。彼女たちが職場へ出払った九時過ぎに女子寮に入った。風邪《かぜ》をひいて寝込んでいる一人を除いては自分一人という状況だったので、臭いの元を追えると考えたんだ。

寮を回ってみて、確信したよ。やはり女のものとは違う、別種の臭いが漂っていた。食堂や調理場、洗面所や浴場を回り、最後に熱を出して寝込んでいる一人を除いて、各部屋を覗いてみた。なに、ドアを少しだけ開けて鼻を利かせただけだ。女性のプライベートを覗き見する趣味は持っていないからな——。

元橋は胸を張ったが、私は表情が曇った。

言いたいことは理解できるが、女性の部屋のドアを開けて鼻をひくつかせる姿は絵《え》面《づら》としてどうだろう。ただの変態趣味の一場面に思えてしまう。

そんな私の思いを知ってか知らでか、元橋は続けた。

——だが、どこも臭いが弱い。臭いの大元ではないと分かるほどにな。だから少し考えてみた。他に彼女たちに臭いがつくとしたら、どんな場所だろうとな。

そして、思い当たった。

やはり試供品の化粧品だ。それが臭いの大元で、使用した彼女たちに臭いが移ったとしたら……。

充分ありうることだ。

化粧品の原料として、特殊な生きものを使っていたとしたら。

なにせ化粧品の素材は秘密事項だ。私が嗅いだことのない生きものを原料として使っていたら、不審に感じても無理からぬことだ。

私は化粧品を仕舞ってある奥の倉庫へ行った。

奇妙な臭いが強くなる。間違いない。ここだ、と直感した。

ドアを開けて――目を瞠った。

各化粧品を収めていた段ボール箱の蓋《ふた》は開いていたが、そのうちの一つに異常があった。白粉《おしろい》だ。

増えている。いや膨張している。しかも風が入ってきたのか、蠢《うごめ》いているように見えた。

「なんだ、これは」

倉庫に入って白粉に触れようとした途端、一陣の風が舞い、膨張していた白粉が舞った。

私の身体を擦り抜けて、白粉が外へと散らばっていく。

私は立ち尽くした。

「へっ、変態！」

後ろから声がした。振り向くと、風邪を引いて部屋に籠もっていた女性が、口元にタオルを巻いて箒《ほうき》を構えていた。どうやら私を泥棒かなにかだと思ったらしい。

「サーカスから逃げてきたとか言っても信用しないからねっ」

彼女は叫んだが、言ってることは不明瞭だ。

「とりあえず落ち着いてくれ。私だ、元橋だ」

釈明しようと進み出たとき、私の身体から白い粉がぱらぱらと床に落ちた。

白粉だった。

私は、パン粉を浴びたかのように全身が白くなっていた。まるでサーカスのピエロやコメディ映画の一場面のように――。

「ただの白粉なんだがな。膨らんで、まるでタンポポの綿毛のようだった」

私は顔を上げた。その一言で、ふとあることを思い出した。

「まったく、狐《きつね》につままれるとは、このことだ。なにが起こったのか、いまもって分からん」

元橋は首を傾げたが、私にはなんとなくだが腑に落ちた。

小学生の頃、人を幸せにする妖怪――物の怪《もののけ》がいると聞いたことがある。友だちと一緒に、ひと頃は夢中になって探したものだ。

『けさらんぱさらん』。

白く、タンポポの綿毛のように宙を舞う。憑かれた人は幸せになるという。人を幸福にする、稀有《けう》な物の怪だ。

白粉を食す。白粉を入れた桐《きり》の箱などに捕まえたけさらんぱさらんを入れておくと、大きくなったり増えたりする。

全国各地にいるらしいが、この大都会東京でも生きていたとは。大量の白粉がある場所を見つけたら、当然集まってくるのではないか。

もしかしたら、その辺りのけさらんぱさらんが大集合したのかもしれない。それとも『寿桜』と呼ばれていた桜の木に棲んでいたのか。

そんな白粉をつけた女子寮の女性たちは幸運だ。たとえ白粉をつけたのがいっときであっても、人生が幸せになる切っ掛けを手にしたのだから。

二十一組もの縁組みの正体は、これだったか。

もう一つ、気づいたことがある。

けさらんぱさらんは物の怪だ。元橋は物の怪の臭いを嗅ぎ取ったことになる。

これはこれで凄い能力だと思う。

本人はまったく気づいていないが、私は黙っておくことにした。

知らない方が幸せだということもある。

「まったく、とんだ目に遭ったよ」

ふん、と元橋は鼻を鳴らした。

「あのときのあなたったら、身体中に白粉をつけて惚けてましたからね。思い出すたびに笑いが込み上げてきて、そりゃあもう……」

いつの間にか元橋の奥方――夕里子《ゆりこ》が傍《そば》に来ていた。

「なるほど、それがご縁だったわけですか」

私は含み笑いを漏らした。

幸せになったのは元橋自身もだ。そりゃあ、けさらんぱさらんが混じっている白粉を大量に浴びたら、さぞかし運気が高まることだろう。

「女子寮の管理人になったのも、あながち不幸ではなかったわけですね。元橋さんも寿桜の恩恵に与かったということですか」

「進木くん、余計なことを言うものじゃない」

元橋は肩を竦めた。そんな姿を見て、老婦人たちがくすくす笑い合う。

その後、彼女たちに誘われてカラオケを楽しんだ。

流れる曲はいずれも旧い。自分にとっても懐かしいものもある。元橋が隅でビールをちびりちびりと飲んでいる姿が、取り残されているようでどこか寂しい。

アイドル曲を選んで奇声を上げる女性たちの姿は老いを感じさせない。間奏時にかける合いの手も堂に入っている。

私も合いの手に参加して声を張り上げた。

曲名は『バレンタイン・キッス』。昭和の終わり、東京市外電話局が閉局した頃の曲だ。

「エル、オー、ブイ、イー、ラブリー夕里子っ」

「夕里子に捧げるローマーンースッ」

そろそろ八十歳だというのに、おばあちゃんたちはまだまだ元気だ。

# 経《ふ》る時

魔法のような病気がある。

漫画やアニメの世界だと魔法が合うのだが、現実世界で同じことが起こると、笑うこともできない。子どもの頃は都市伝説だと思っていた。そのくらい馴染みがない疾《しっ》病《ぺい》なのだ。

当時の私は二十代だった。

作中に登場する施設の具体的な場所は記さない。どうかご理解いただきたい。

――◇◇◇――

平成六年八月。夏期休暇を利用して、研修期間に同期だった彼――大場《おおば》卓志《たくし》を見舞いに行った。

人家が疎《まば》らな丘陵地帯を進むローカル線の硬い座席に揺られて一時間あまり。とある小さな駅に降り立つと、ホームに立っていたのは私一人だけだった。

駅前の公衆電話で、これから伺う旨を伝えてから、一台だけ駐《と》まっていたタクシーに乗り込む。

山間《やまあい》の道を進むこと約二十分、深緑を湛《たた》えた山を背景にして、白い建物が現れた。タクシーの運転手の話では、かつてはゴルフ場だったという。バブル後に管理会社が傾き、現在は療養所である。

二階建ての建物が三棟並んでいる。手前がロータリーになっていたので、表示されている矢印の案内に沿って、真ん中にある建物へと向かった。

一般に広く公表されている療養所ではない。ある特殊な病気に罹患《りかん》している当事者と家族のみが知り得る、私的な施設だ。

受付で名乗り、渡された用紙に面会する患者と予定時間を記入する。基本的に患者の親族しか見舞いできないので、私は例外だ。患者からの申請に基づいて許可された面会である。

「伺っております」

受付の女性は、記載された内容と提示した運転免許証とを照合してから、受付正面にある待合スペースへ促した。

面会者は私一人だけで、他には誰もいない。

外に目を向けると、ガラス張りのエントランスの向こうに青い芝生が広がってい
る。遊歩道があるらしく、ステッキを突きながら歩いている人が二人いた。覚束なげな足取りで、ゆっくりと歩いている。ここの患者だろうか。他にも一人、遠くに電動車椅子が進んでいく姿があった。

待合室に設えてあるラックから漫画雑誌を引き抜く。頁《ページ》を捲ってみたら最新号だった。椅子に戻り、雑誌を読みながら待つことしばし。

奥からエレベーターが到着する音がして、大場が出てきた。ネルシャツにジーンズというラフな恰好だ。

二階からでもエレベーターを利用しているようだ。思わず苦笑する。

足をぎくしゃくさせながら、大場はステッキを突いてこちらへ歩いてくる。

大場は身長が百八十を超える長身だ。彼の病気は低身長が多いため、珍しいと聞いた。骨もしっかりしていて、曲がっていない。そんな彼が背中を丸めつつ覚束なげな足取りで歩く姿がなんとも様にならない。

「よお、久しぶりだなあ。……ぐるるう」

私に気づいた大場は、目を細めながら嬉しそうに喉を鳴らした。以前より声が甲高《かんだか》くなり、嗄《しやが》れている。

そういえば学園で一緒に生活していたとき、彼のニックネームは『グルウ』だったなと思い出した。

「無理するな。ゆっくりでいいぞ」

私の方から近づいていく。

「遊歩道の先にオープンテラスがあるから、そこでお茶しよう」

彼は外へ顎をしゃくった。

「いいね。屋外なら開放感がある」

大場と並んで、ゆっくりと歩く。以前より歩みが遅くなっている。

小径の先の拓《ひら》けた場所に、山小屋風の小さな建物があった。外に掲げてある板にメニューが書かれている。手前の芝生には、大きな日除け傘が設えてある白いテーブルが三つ並んでいる。脇に白い椅子が三脚ずつ。その一つに私たちは座った。

彼が手を挙げると、店の主人らしき男が出てきた。掲げた盆に、水が入ったコップを載せている。

「俺はいつものケーキセット。ヒトさんはなににする」

「私はアイスカフェオレと……付き合おう、ショートケーキのセットでお願いします」

男の後ろ姿を見送りながら、私は安堵の息を漏らした。

「常連なんだな。いつもなにを飲んでるんだ」

「アイスコーヒーだよ。梅昆布茶《うめこんぶ》だとでも思ったか」

「いや、まさか」

私は軽く手を振りながら話題を逸らした。「客の数も少ないだろうに、店を開けているんだな」

「ここの職員だよ。交代でこの店に入っているみたいだけど、まあ休憩と同じだな。客は滅多にいないから」

彼は健康そうな白い歯を見せて笑った。

飲みものとショートケーキが運ばれてきた。

アイスカフェオレで喉を潤《うるお》しながらケーキに口を付けたら、専門店のケーキのように旨かった。

「大場がケーキを食べてる姿ってのも珍しいな。もしかして初めて見たんじゃないか。同窓会ではお好み焼きを夢中で頬張ってたよな。いまでも好きなのか」

「いやあ、残念ながら食堂のメニューにはないんだ。だから時々町へ出て食べてるよ」

「そこまで好きなのか」

「ソウルフードだ」大場は胸を張った。

「小っちゃい頃は家族みんなで毎日食ってたぞ。……でもいつの間にか食卓に出なくなったな。なんでだろ」

「そういや『社長』はたこ焼きがソウルフードだと言ってたな。私は東京だから、もんじゃだ」

どちらからともなく笑い合う。

遊歩道の先に、背中を丸めながら歩く人が見えた。

「……入居者は少ないんだろ」

「いまここにいるのは俺を含めて二十人くらいかな。遺伝病だから、親類だって人もいるよ」

「職員も少なそうだ」

「基本的に定期検診だけだしな。延命を諦めている末期の患者ばかりだから、入居者も大人しいもんだよ。大きな仕事は入居者の後始末くらいだ」

「いや、そんな言い方は……」言葉が澱む。

大場はテーブルの上で手を組みながら瞑目した。

「みんな自分の病状を考えたら自暴自棄になって暴れ出しそうなもんだけど、そんな奴は一人もいないよ。とうに覚悟は出来ている。いまとなっちゃ、晴れた日の散歩が楽しみな毎日だ」

同意するように鳥の囀《さえず》りが近くから聞こえてきた。

「俺は三十になった日にここへ来たが、入居している人の平均年齢は二十七歳だそうだ」

しばらく会わなかっただけで、大場はすっかり老《ふ》けている。

顔の皮膚は弛《ゆる》んで細かい皹《ひび》のような皺《しわ》を作っている。眼窩《がんか》は落ちくぼみ、あまり眠れていないのか隈《くま》がある。何度も顔をしかめたのだろう、眉間《みけん》に縦長の深い皺がある。テーブルに置いた指は骨と皮だ。シャツから覗いている手首は異様に細い。

「雨の日なんかどうしてる？　外に出られないだろ」

「そうだな。自室で膝を抱えてむせび泣いてるよ」

皺だらけになった顔をくしゃくしゃにして彼は言った。

その顔は、九十歳くらいのお爺《じい》ちゃんのものだった。

大場は、一般に『早老症《そうろう》』と呼ばれている病気だ。実際の年齢よりも早く老化兆候が出るという。

老化は遺伝子によるものと言われて久しい。複製されていく過程で瑕《きず》ができるとか、もともと遺伝子に組み込まれているとか考えられているが、いずれにせよ遺伝子の異常による病気だ。

早老症には、いくつか種類がある。ダウン症などが有名だ。

現在ではある程度老化を遅らせる治療法があるのかもしれないが、このときは平成六年。これといった治療は困難だった。

日本では数万人に一人と言われている。遺伝子の病気なので、生まれてきた時点で爆弾を抱えているに等しい。

大場を思い出すたびに、私は口元を引き締める。

＊

大場と初めて会ったのは、東京の調布市にある研修センターだった。社内では『中央電気通信学園』、略して『中央学園』または『中央研修センター』と呼ばれている。

全寮制の集合研修に、全国から選抜された研修生が集まる。私が参加したのはマーケティングコースで、期間は四ヵ月に亘《わた》る。研修生は三十一名、うち東京からは四人だった。

平成二年十月一日月曜日。全国から続々と研修生が集まり、十五時半から入学式の練習をした。誰が誰とも分からない状態で学園歌を合唱。折しも台風の季節で二人が来られなかった。

夕方に入寮。同室の四人でベッドの上下はジャンケンだ。とりあえず、自己紹介のうえで顔と名前を覚える。

研修生の顔と名前が一致するのは翌日からである。九時始業を前に、朝八時半頃から教室に集まってくる。とりあえず指定された座席に私物を置いて、外のベランダに設えてある灰皿の前で一服する。

一人だけ、年嵩と思《おぼ》しき人がいた。長身で百八十くらいか。四十前後の風貌だ。研修生はほぼ同年齢だ。最長は三十歳だと聞いていたので、たぶん担任だろう。

「おはようございます。東京の進木です」

「あ、ども。北九州から来た大場です」

くだけた話し方は同世代だ。身体を揺らしながら手足を動かす所作がチャラい。しばし集まった数名で雑談が続く。

「東京なら自宅から通えるんじゃないの」

「ヤだ。面倒くさい」

「冬だと朝の時間は貴重だもんなあ」

「布団の中の五分は一時間くらいだよ」

「せやな。布団からよう出られんわ」

全国から集まったというのに、あまり訛《なま》りがない。これがテレビ世代というものか。ただし関西支社の大阪出身者だけは物怖《ものお》じせずに関西弁を話す。

ベランダでわいわいと話していたが、誰かの「時間だよ」の声で教室へ戻った。

初日の顔合わせなので、壇上で一人ずつ自己紹介が始まる。初対面の者が多いので、教室内が緊張した空気になる。

大場は長身なので存在感があった。

「九州支社、北九州支店の大場卓志です。歳は二十六。よろしくお願いします」

「老けてるなあ」

誰かの声が上がり、研修生たちが自席で苦笑する。

言いづらいことを平気で口に出すのは若い学生の性分だが、このときは場が和《なご》んだ。

大場もまた、苦笑いを隠さない。ぐるるう、と喉を鳴らす姿がコミカルだった。

寝食を共にする仲となれば短期間で打ち解ける。ほどなく、おのおのがニックネームで呼び合うようになった。『社長』『ピンキー』『ココロのボス』『大道芸人』『鬼畜』『豊満な乳房』『矢七』『シンタロー』など、傍《はた》から見ればどんな集団かと訝しがられても不思議ではない呼び名が飛び交う。

それにしても『鬼畜』はひどくないか。いや、『鬼畜』と名付けたのは私なのだが。東北出身で既婚の身である彼が、大学は東京だったので、久々の東京生活はいい機会だとばかりに、かつての女友達の身体を貪《むさぼ》っていると聞いた。そのとき思わず「それは鬼畜だ」と口から出た言葉が定着してしまったのである。

大場は『グルウ』だった。私は名前から『ヒト』と呼ばれた。幼少期からの馴染みの呼び名だ。

研修期間中は様々な課題が設けられ、その都度チームを編成して取り組むことになる。メンバーはできるだけ重複しないよう配慮され、新たな面々で新たな課題へ向かう。

　企画書作成や関連会社実習、ディベートやレポート発表など研修期間中は課題が目白押しだ。しかしウォークラリーのようなレクリエーションもあり、大場とは一度目のウォークラリーで一緒になった。

　場所は鎌倉《かまくら》。北鎌倉駅から線路の北側にある山へ入り、ハイキングコースを辿る。みんなまだ二十代なのでキツイコースではないのだが、大場は足取りが重かった。休憩をとりながら歩いたものの、肩で息をする大場がひどく苦しそうなので心配することしきりだった。長めの休憩をとってコースを確認したら、その先は下りに入ると分かって安心した。

　コースの途中で、数年前に若い女性が乱暴され殺害されたという現場があった。花束が供されている。このときだけは全員足を止めて両手を合わせた。

　鎌倉駅前で昼食をとり、みんなで後半のコースと時間を確かめる。

　ウォークラリーは時間を競う競技ではない。あらかじめ決められた時間があり、それに最も近いチームが優勝となる。その時間を読むことも必要になってくるのが面白いところだ。

　午後は鎌倉から再び北鎌倉へ向かう。前半は横須賀《よこすか》線の東側を歩いたが、後半は西側だ。やや平坦な道のりになるので身体への負担は軽くなる。食後の運動にはちょうどいい。

疎らな民家を横目にして進む。猫屋敷のような家が途中にあり、周囲の木にネコが休んでいた。目が合った大場が、ネコとにらめっこしながら「ぐるるう」と喉を鳴らし合う姿がどこか微笑《ほほえ》ましい。前半の疲れが快復したらしく、元気にはしゃいでいた。

特にこれといったアクシデントもなく、北鎌倉へと着いた。後半は実に呆気《あっけ》ない。ゴールである駅には、既に半数以上のチームが集まっている。しかし約数十メートル手前で、私はチームにストップをかけた。チームリーダーに指名されていたので、リーダー権限を発動したのである。

早すぎると踏んだ。おそらく事前に決められている指定時間と大きな乖離《かいり》がある。コースの途中にある観光スポットの数を考慮しても、早すぎる。しかも予報では『一時ところにより雨』だった。標準となる時間より多少余裕をもっているはず。

私はゴールの目の前で、みんなを道路脇の喫茶店へと促した。

窓際のテーブルで冷たい飲みもので喉を潤しながら時間を潰す。通りを眺めていると、新たに三チームがゴールした。

「おい、ヒトさん。大丈夫か」

他のチームが続々とゴールしていく様子を眺めながら、大場が眉を寄せる。

「まだまだ余裕。なんならアイスコーヒーのお代わりでもどうだ」

結局、私たちのチームが合流したのは最後から二番目だった。

私は人一倍汗かきなので替えの下着を用意していたが、バケツに浸した雑巾《ぞうきん》のようになった。コンビニで二枚目の下着を買って着替えたものの、よほど汗臭かったのか、帰りの電車では周囲の人たちに露骨にしかめ面《つら》をされてしまった。

後日、オリエンテーリングの結果発表があった。指定されていた所要時間に最も近いチームが優勝となる。三位から二位のチームが発表され、メンバーたちが悲喜こもごもの表情を浮かべる。優勝チームは商品を貰えるからだ。順位が上位であっても優勝でなければ意味がない。

一位は私たちのチームだった。指定時間との誤差は三分。

「つしゃあああー！」

チームメンバーたちが自席でガッツポーズをする。代表して私が鎌倉土産の台紙付きテレホンカードを人数分受け取り、夜に祝杯を上げた。

こんなイベントを繰り返しながら、私たちは仲間意識を深めていった。

期間中に、テーマが決められた作文という課題もあった。原稿用紙二枚で、テーマは『自己紹介』『記憶に遺る本』など。全部で三回だったが、小中学生時代を思い起こさずにはいられない。

常日頃から企画書や案内状、営業日報をワープロで作成しているので、書くことが苦手だと仕事にならない。

提出してから一週間後に講評があり、数編が紹介された。

「ヒトさん、三回とも選ばれたね」隣の席から声をかけられた。

「たまたまだよ」

小声で返しつつも、まんざらではない。

突然、壇上の講師が大場を指名した。

「大場くん。君に訊きたいことがある」

「はい」

大場が自席で立ち上がる。俯《うつむ》き加減なので心当たりがあるらしい。

「三回とも君だけ課題を提出しなかったけれど、どうしてかな」

口調は落ち着いているが、声に威圧感がある。

教室内の視線が大場に集まる。私も含めて、みんな知らなかったようだ。

「いや、そのう……」

大場は頭を掻いた。

「実は、数ヵ月前から文章を書けなくなったんです。どうにも字のかたちが分からなくて、指が動かんのです……」

大場は苦しげに言葉を絞り出した。

講師も、かける言葉に苦慮したらしい。今度は私に声がかかった。

「進木くん。こんなとき、どうすればいいと思いますか」

書き物に手慣れていると思われたらしい。なにか私からアドバイスを引き出したいようだ。

だが、私も言葉に窮した。

ありえないことだからだ。入社を志望する申請書や入社試験まで遡《さかのぼ》っても、文章が書けないというのは話にならない。日々の業務にも支障を来してしまう。

しかし口を結びながら眉間に皺を寄せている彼の表情は、あながち演技でもなさそうだ。

老けたその顔が、一層歳をとったように見える。

とうとう私は、その場で一言も言葉を発することが出来なかった。

「……大場くん、あとで教員室へ来て下さい。相談しましょう」

「はい」

着席してからも、大場は俯いたままだった。

その夜は、大場の部屋で小さな飲み会となった。声を掛けあうまでもなく、大場を心配した者たちが集まったのである。

大場を呼び出した講師は、彼の職場へ連絡して話の真偽を確認したという。

「本当なんだ」

大場は缶チューハイに口を付けながらぼやいた。

「会話はな、普通に出来るんだ。お喋りだろうがビジネスの商談だろうが、まったく問題ない」

「本は読めるの？」私は訊いた。

「読めるよ。飽きっぽいから、なかなか読まないけど。最後に小説を読んだのはいつのことだっけかなあ」

心配した寮生たちが矢継ぎ早に質問する。

「見積もりとか、どうしてるんだよ」

「ウチの部署は、営業は二人組だから。相方に任せてるよ」

「営業日報もか」

「うん。相方は理解してくれてる」

「医者に相談したかい」

「問診でいろいろ訊かれたよ。検査もされて分かったんだが、なんかけったいな病気らしいんだ。ウェル……なんとか症候群だっけかな」

「アルツハイマーかい」

「それとも違うんだ。頭の中はあんま影響なくて、身体のあちこちが老けていく病気だってさ」

「そのうち頭が禿げるんか」

「若禿はヤだなあ」

笑い合ったが、笑い事ではない。私は内心穏やかではなかった。

脳には、辞書としての機能を司る部位があると聞いたことがある。音声情報を意味のある単語に置き換えて頭の中へ巡らせる。視覚情報を、文字のかたちから脳内の辞書を通じて意味のあるものに置換する。インプットには問題ないようだが、思考を文字のかたちにしてアウトプットできない。そのプロセスに問題が発生しているのだ。

言うまでもなく病気だと思う。

その週末に、私は自宅からお気に入りの文庫本を持ってきて、大場に渡した。

ジェフリー・アーチャーの『百万ドルをとり返せ!』。詐欺師に騙《だま》された四人が集まって、取られた金を取り返す話だ。素人《しろうと》が本職の詐欺師を騙すというエンターテインメント作品で、読後に爽快感が残る。

「本なら読めるよね。これ、すっごく面白いから。騙されたと思って読んでみてよ」

押しつけは迷惑だと理解しているが、文字情報のインプットはアウトプットへのリハビリになるかもしれないと思ったのだ。

「あ、ああ……。読んでみるよ」

迷惑顔を隠そうともせず、彼は答えた。


四ヵ月の研修を終えた私たちは、二月にそれぞれの職場へと戻っていった。

しかし同じ屋根の下で暮らして生まれた仲間意識は強い。近場の支社だと、一ヵ月も経たずに飲み会を開いている。誰ともなく「同窓会やろうぜ」と言い出して、会社内の全国イベントなどを利用して会う機会をつくった。

一年目は伊勢と大阪だった。

関西支社、とりわけ大阪組は水を得た魚のようにはしゃぎまくり、参加者をもてなした。

車で移動中は、パーキングエリアで休憩を取るたびに、大場こと『グルウ』と『社長』はジャンクフードを貪った。二人がお好み焼きやたこ焼きに目がないことを知ったのはこのときである。

「東京にいたときは、そんなに食っていなかったよな」

私は首を傾げた。寮内でたこ焼きパーティーの企画が出たことがあったが、流れてしまったことがある。

「なに言うとんねん。あんなん、たこ焼きちゃう。特にソースがわやや」

「西日本《こっち》とは味が全然違うもんなあ」

北海道出身の一人が「他の場所ではイカが食えない。透き通ってないイカなんてありえねえ」とぼやいていたことを思い出す。

同じ日本でも地域によって文化も違うし食べものの味も違う。とりわけ食べものとなると喧嘩になりやすいので黙るしかなかった。

二年目は東京での同窓会だった。

「また東京でみんなに会いたい」という人が続出して、私たち東京組がその観光案内をする手筈《てはず》となった。

同窓会初日。

続々と仲間たちが宿の宴会場に集まってくる。遠方の九州組のうち、大場を含む二人が遅れたが、時間通りに同窓会は始まった。久しぶりに顔を合わせた者同士、酒を酌《く》み交わしつつ歓談する。

「みなさーん。発表が遅れましたが、一昨年シンタローくんに赤ちゃんが生まれているので、この場で出産祝いを渡したいと思います。ちなみに逆算したら、仕込んだのは研修中の正月休みでした」

「逆算しないように」

『シンタロー』が照れ笑いを浮かべる中、喝采が湧く。

わいわいと騒いでいたときに、二十分遅れで大場たち二人が顔を出した。

大場の髪は真っ白だった。その風貌はどう見ても七十代以下ではない。長身の身体をふらつかせながら、二人は九州組に用意された場に腰を下ろし、ほどなく打ち解けてはしゃぎだした。

心なしか顔が縮んでいる。大口を開けて笑う大場の口には、二十代の白い歯が覗いていた。

＊

『ウェルナー症候群』は早老症の一種だ。

患者は世界中にいるが、その過半数は日本人だという。原因は分かっていない。

患者の多くは十代の思春期までは発症しない。ごく普通に会話も運動もするので中学高校生活を送る。自覚しなかったという人もいる。

しかし二十歳《はたち》頃から、老化徴候が顕著に現れる。

白髪《しらが》や脱毛が目立ち、両目に白内障が生じる。手足の筋肉や皮膚が痩《や》せて固くなり、魚の目やたこなどが出来やすくなる。さらに悪化すると潰瘍《かいよう》になる。

アキレス腱などの軟部の組織が石灰化して、カルシウムが付着することはウェルナー症候群で特徴的に観察される。特定の症状が決まった臓器にはっきりと確認できるので、『部分的早老症候群』とも呼ばれる。軟エックス線撮影で検査すればすぐに分かるという。

口や鼻周りの皮膚が萎縮して、細く尖りはじめる。声は甲高く嗄れた声になる。骨が脆《もろ》くなって、骨折しやすくなると同時に、低身長や低体重を引き起こす。患者が最初に自覚する兆候らしい。

老化はさまざまな病気を誘発する。糖尿病や動脈硬化、さらには悪性腫瘍《しゅよう》が進行しやすくなる。がんよりも、肉腫などの悪性の非上皮性腫瘍が多く、寿命に大きく影響する。

ところが患者の身体の兆候に反して、脳は老化が進まない。頭の中は実年齢のままで、認知症を伴うことは非常に珍しい。

意識を正常に保ったまま、身体だけが老いていく。だが大場の場合は、脳の一部に疾患がある。なにしろ字が書けないのだ。

この療養所は早老症の患者限定にしているという。遺伝病なので感染する心配はないため訪れることができたが、物見遊山《ものみゆさん》で行くべきところでないことは間違いない。

敷地内には花壇や遊歩道があり、四季の花を楽しめる。図書室の蔵書は充実している。遺族からの献本だと聞いた。

杖《つえ》をつきながら、ゆっくり歩く老人の姿をそこここで見かける。しかし実年齢はさにあらず。ここは若すぎる老人ホームだ。ただ経《ふ》る時を過ごす場所だ。

テーブルに二人座るその姿は、傍《はた》から見れば老人と孫だ。第三者が耳にしても普通の会話に聞こえるかもしれないが、私の胸に去来するものは筆舌《ひつぜつ》に尽くしがたい。

「ごめん。これ、借りたままだったよ」

テーブルに置かれた本は『百万ドルをとり返せ！』だった。

すっかり忘れていた。

「どうだった。面白かっただろ。奪われたものを取り返すために、素人の四人があれこれ試行錯誤しながら立ち回るところがいいよな」

「実は……読んでないんだ」

「じゃあいいよ。いつまでってこともないから、持っていていいよ」

「いや、無理なんだ」

俯きながら、大場はテーブルの本をゆっくりとこちらへ押し出した。

「文字のかたちを見ても、その意味が頭に入らなくなった」

こちらを見上げた瞳が潤んでいる。奥まった眼窩に灯《とも》る命の火が弱々しい。

「俺はもう、本が読めないんだ」

大場の喉が、「ぐるるう」と小さく鳴る。

その皺だらけの頬に、涙が流れていった。

面会規定の四時間いっぱい話してから、大場と別れて帰路に就いた。

列車の座席に一人座り、車窓を眺めながら物思いに耽《ふけ》る。

早老症は遺伝子に変異がある病気だが、滅多に発症するものではない。数万人に一人というレベルだ。そもそも父親と母親、両方から受け継いだ遺伝子の双方に瑕がなければ早老症にはならない。

普通の病気なら予防法もあるし治療法もある。しかしこの病気は遺伝だ。生まれた時点で罹患しているし根治的治療法もない。

だが、いままで大場の親族にウェルナー症候群の患者が出たことはないと聞いた。本当に遺伝なのだろうか。なにがしかの理由で、早老症が誘発されることはないのか。

外因により遺伝子に瑕がつくとすれば――。

公害だ。

工場などから排出される有害な物質が地域住人の体内に入り、重大な健康被害を及ぼす事例が、かつて全国各地で見られた時代があった。日本中を震撼させた公害問題だ。

大場が生活してきた環境で、該当するものはあるだろうか――。

一つだけ、思いついた。

公害認定されていないが、西日本を中心に被害者を出した米ぬか油事件だ。学生時代に研究レポートのテーマとして選んだので調べたことがある。

昭和四十三年、食用油『カネミライスオイル』にダイオキシン類が製造過程で混入し、摂取した人々やその胎児に障害が発生した事件である。ヤキソバやお好み焼きなど、特にジャンクフードが大好きな子どもは油を摂取する機会が多かったので、一時期は揚げ物などの油を使った食べものが敬遠されたほどだ。

場所も年代も合致する。あくまでも推測だが、遺伝子に瑕がついて、後から発症したとしてもおかしくない。

ただし因果関係などは証明できない。おいそれと「コレだ」と口に出せるものじゃない。それゆえに、遺伝子に影響する被害は表に出ないことが多いのではないか。隠れた被害事例が、もしかしたらたくさんあるのではないか――。

また少し、心が重くなった。

訃報《ふほう》が届いたのは秋のことだった。

昼食を終えて自席へ戻ったときに、学園の九州組から職場へ訃報が入った。

「大場が亡くなった」

病院でなく、自宅で息を引き取ったという。覚悟していたことは間違いない。

「親御さんから言伝《ことづて》がある」

「聞こう」神妙な面持ちになり、受話器ごしに耳を欹《そばだ》てる。

「『いままで卓志と仲良くお付き合いいただいて、ありがとうございました』」

私は小さく頷いた。

「とんでもない、こちらこそ……」

思わず言葉に詰まる。

「それと大場が書いた短い手紙があるから、あとでＦＡＸを送る。もちろん全員にだ」

「手紙？」

私は首を傾げた。

「あいつ、文章が書けなかっただろ」

「親御さんが書いたものを、文字ではなく、絵として描いたそうだ」

そういうことか。

大場はどうしても伝えたかったらしい。文章が書けない身だというのに、知恵を絞ったのだ。

電話を切ってから、すぐにＦＡＸが届いた。字面を見るかぎり、マジックペンで書いたものだ。

『ありがとう』

苦労したらしく文字面がたどたどしい。歪《いびつ》なのは、筆致ではなく絵心がないからだ。

大場にとって、これは文字ではない。言葉でもない。感謝の絵だ。

そんな彼の想いが綴られたＦＡＸは、心なしか滲《にじ》んでいた。

闘病の末、彼は息を引き取った。大場卓志、享年三十歳。

最後に見た彼の笑顔は九十歳くらいのお爺ちゃんのものだ。

できたら現在ではなく、六十年後に見たかった。

その後、会社は分割されて東西に分かれたので、西日本の連中とも疎遠になった。女性たちは結婚して姓が変わった。転勤や引っ越しだけでなく、一次定年の五十歳を迎えて、私のように第二の人生を歩む者もいる。連絡がつかなくなった人は多い。

もう三十年以上前の話だ。それぞれが日本のどこかで自分なりの生活を営んでいる。

たまに大場のことを思い出しては、線香を上げて彼を悼《いた》む。

この病気の怖ろしいところは、身体が老いても頭の老化はそれに追いつかないことだ。考えがしっかりしているまま、身体が老いて死ぬ。さらに大場の場合は、脳の一部、辞書の役割をしている部位に障害が出た。『書く』行為に必要不可欠なプロセスが阻害された。最後はアウトプットだけでなく、視覚情報の『読む』インプットにまで障害が及んだ。

骨も急激に老いるわけではないので、老人らしからぬ長身はそのままだし、棺桶《かんおけ》に納められた遺体の顔を覗《うかが》うと、開いた口から二十代の健康な白い歯が覗く。

いたたまれずに顔を背ける遺族が多いというが、まったくその通りだと思う。

頭の中は二十代のまま、身体だけが十倍の速さで歳を取っていく――。

そんな状況になったら、なにを思うだろう。自分ならどうだ。それでも前向きに生きていけるか。明日への希望を胸に灯して日々を過ごせるか。

これからが働き盛りという歳だ。家族をつくって、子どもたちの未来に思いを馳せる。

そんな当たり前のことが叶わない。夢や希望が雲散霧消する現実。

それでも彼は、不平不満を口にすることなく毎日を生きた。

最後に会ったとき、ぴんと張っていた糸が切れたように涙を溢《あふ》れさせた彼の姿は脳裏に焼き付いている。

時折思い出すことが、たしかに彼が生きていた証しであり、供養になっていると信じたい。

著者提供

# 毒虫

私が最初に毒虫の被害に遭ったのは、岡山市への取材旅行である。

五泊六日で、岡山城の近くに宿を取った。

朝にホテルを出て、散歩がてらに岡山後楽園《こうらくえん》を散策する。川面に映える岡山城の敷地を回り、川沿いに堀端の道を真っすぐ歩くと県立図書館に着く。そこで調べものをするのが日課だった。

堀端の道を歩いていたら、足を踏み外して川とは反対側の空き地へ落ちてしまったことがある。腰高くらいの道から転げ落ちたが、身体が勝手に動いて受け身を取った。すくと立ち上がったときには目を丸くしたものだ。

柔道なんて何十年振りだろう。子どもの頃に身に付けた技は一生ものらしい。

ありがとう、幼稚園時代の私。当時畳の上で転げもがいて、泣きじゃくった経験は無駄ではなかった。

作品の舞台となる地元の図書館は、存外役に立つ。特に地元の研究家が寄贈している私家本は、掲載されている資料とともに参考になる。商業出版された本は売りになる部分しか掲載されていないことが多いが、研究家は容赦しない。歴史的人物の良い部分も悪い部分も赤裸々に曝《あば》き、分析を試みているものが多い。中には噴飯ものの研究もあるが、論拠となっている資料そのものはありがたい。

他の場所ではお目にかかれない、そんな研究本を取捨選択しながら目を通していく。物書きにとって、史跡を回るだけが取材ではない。

目的を達成したあとは観光にあてる。毒虫の被害に遭ったのは、最終日のことだった。

天気はやや曇り。十月に入ったばかりで、気温も高く穏やかだ。

眺めを楽しむために先頭車両の特別指定席を購入して、瀬戸《せと》大橋を渡った。しかし対岸は造船工場なので景観としてはいまひとつだ。正直なところ、昔のアニメ『未来少年コナン』に登場する工業都市インダストリアを想起してしまった。どうやら観光するなら岡山県側が適している。ならばと瀬戸大橋を戻り、一駅目の児島《こじま》駅で下りた。駅前のロータリーから、観光用の循環バスで瀬戸内海を望むという見晴台へと向かう。

鷲羽山《わしゅうざん》にある展望台は、有名な観光スポットである。

曇天の空の下に青い海が広がる。晴天ならさぞかし良い眺めだったろう。点在する島々が、どこか異国のような印象を与える。遠く向こうまで続いている瀬戸大橋を、時折列車が渡っていく。

海からの風が心地良い。少々汗ばんでいたので、シャツの袖《そで》を二の腕までまくり上げる。

取材という目的がなければ、一生来ることがなかった場所かもしれない——。

そんなことを考えながら海を眺めた。

見晴台はそれほど広くない。レストハウスで一服し、窓からの景観を楽しんでから、バス乗り場がある駐車場へと戻った。

周囲は木立に囲まれている。道沿いにはツバキが群生していた。その向こう、木の幹に、注意を促す手書きの看板が針金で巻かれていた。

『毒虫注意』

なかなか刺激的な言葉である。山奥の観光地でたまに見かける。

栃木県の奥日光《おくにっこう》では『蜂《はち》の巣注意』だった。土地の人に訊いたらジガバチだという。地中に巣を作るので、気づかずに踏み抜くと刺されることがある。

さてここではどんな虫なのかと辺りに目を遣る。葉は色づいていない。深い緑色のままだ。しかも細い。海が近いので針葉樹、松科の植物がツバキの向こうに群生している。

虫の幼虫といえばグロテスクな形状をしているものが多い。綺麗でかっこいい幼虫なんて見たことがない。だけど毛虫や芋虫に対して、私はさほど嫌悪感がない。

＊

子ども時代は、虫のみならず生きものが身近な存在だった。便所にはカマドウマがいたし、大きな石の裏にはダンゴムシやハサミムシがいた。原っぱの地面の膨らみといえばケラだったたし、石塀にはカナヘビが這っていた。雨上がりに地面でのたうつミミズなんて当たり前の光景だ。

自宅の庭には八重桜があって、毎年五月になると大量のアメリカシロヒトリの幼虫が枝葉に集る。白い毛虫なので目立つ。ゴールデンウイークに退治することが恒例行事だった。

棒の先に布を巻き、火を点けてアメリカシロヒトリの幼虫が集っている葉や枝に近づけると、面白いように落ちてくる。

上からばたばたと毛虫が降ってくる。滅多に見られない光景なので、私はこの虫退治が大好きだった。

うわあ、と大口を開けながら、思わず近づいて上を見上げてしまう。

そんなことを続けていたら、口の中になにかが入った感覚があった。吐き出してみると、落ちてきた毛虫だった。

すぐに家に戻ってうがいをした。

特に腫れることもなかったが、記憶に強く刻まれている。口の中で毛虫が蠢く感触は、忘れようと思っても忘れることはできない。

口に毛虫が入った経験がある人はそうそういないだろう。なにを隠そう、私がその一人だ。

*

毛虫の毒にやられた経験はない。そのせいか、毛虫の類いを摑むことに抵抗はない。平気で触れる。

茂みを覗き込んでいると、後ろから声を掛けられた。

「どんな虫ですかね」

親子連れだった。三十代くらいの父親と、その後ろに母親と幼稚園児くらいの女の子が手を繋いでいる。

「さて、もう秋ですから見つけられるかどうか分かりませんが――」

私は幼い子に声をかけた。

「離れていれば大丈夫だよ。お母さんの後ろにいてね」

女の子は返事もせず、母親の後ろに隠れた。

「この辺りは松が多いですね。松につく毒がある虫といえば――」

マツカレハかな。

毒針毛《どくしんもう》に触れると傷みを感じる。保護色なので、多くは気づかずに幹にいた幼虫に触れて被害に遭う。

なるほど手書きの看板で警鐘しているのも頷ける。

君子危うきに近寄らず。茂みを覗き込んでいた私は思わず身を引いた。

「たぶんマツカレハですよ。危ないから柵の外の茂みには近づかないようにしましょう」

駐車場内に、定刻通りにバスが入ってきた。私は親子連れに注意を促してから停留所へと向かった。

バスに乗り込んで座席に腰を下ろすと、先ほどの親子連れはまだ茂みの前にいた。母親が手にしたスマホを覗き込んでいる。マツカレハの恐ろしさを調べて、さぞ驚いたことだろう。

岡山駅へ戻り、コインロッカーに入れておいた荷物を抱えて帰路に就く。新幹線の車窓を眺めながら、心地良い疲労感と熱い珈琲を楽しんだ。


身体の異常に気づいたのは二日後である。

朝起きて顔を洗おうと洗面所へ向かったら、蛇口に伸ばした腕に、無数の赤い斑点があった。手首から肘へかけて、夥《おびただ》しい数の赤い粒が浮いている。なんじゃこりゃ、と手のひらを返したら、手のひらにまで赤い斑点が広がっている。

ただ事ではない。気を落ち着けて鏡で確かめたところ、顔に斑点はなかった。肘から肩へかけても、その他の部位にも異常はない。

痛みや痒《かゆ》みはないものの、見た目がひどい。しかし発熱もなかった。

シャワーを浴びて、身体を念入りに洗った。

異常な数の斑点だった。しかも部位が限定されている。思い起こされるのは『毒虫注意』。

あのとき、汗ばんでいたのでシャツを袖まくりしていた。それが徒《あだ》になったのか。まさか気づかないうちに刺されていたのか。

顔に斑点ができていないのは分かる。バスを下りてから、駅の洗面所で顔や手をよく洗ったからだ。そのとき毒が洗い流されたのだと思う。

では手のひらの斑点はなんだ。

しかも数が多すぎる。痒みがないのも不思議だった。数ヵ所なら刺されたのだと直感できるが、数が極端に多い。これではアレルギーによる湿疹《しっしん》ではないか。でもそれなら、もう少し湿疹が広がっていてもおかしくない。剝き出しになっていた腕の部位にだけ、極端な数の赤く小さな斑点ができている。それほど多くの毒虫が集っていたなら、いくら小さくても気づくだろうに。

私は首を傾げながら机のパソコンを立ち上げて、強い毒を持つ虫について調べてみた。

これか。『チャドクガ』。

主にツバキ科の植物に集る。ツバキやサザンカだ。

駐車場の道沿いに群生していたツバキが、風に葉を揺らしていた光景が頭に甦る。長さ〇・一ミリほどの毒針毛を持つ。非常に細やかで、長袖でも糸の隙間から入ってくる。表面には小さな棘《とげ》があり、皮膚に付着すると、擦れて毒を皮膚に流し込む。卵から成虫まで、ずっと毒がある。毒針毛は抜けやすく、幼虫から蛹《さなぎ》、蛹から成虫へ変態する際に風に舞う。季節の変わり目などによく起こるが、なにしろ目に見えない。

幼虫一匹あたりが持っている毒針毛は、五十万から六百万。卵から孵《かえ》って間もない幼虫は固まっていて、危険を感じると、身を守るために数十匹が並んで身体を揺らして毒針毛を周囲に飛ばすとも言われている。

――冗談じゃない。目に見えないから防ぎようがないではないか。まるで天災だ。お気に入りだったが、シャツは処分するしかない。

ふと思いついた。

虫からではなく、症状から毒虫を追いかけるのはどうだ。むしろそちらから追いかける方が正しいのでは。

『赤い斑点』『虫』など、思いつくワードを打ち込みながら、該当する症状を検索していく。

……似たような症例がぞろぞろ出てきた。

しまった、順序を間違えたようだ。虫が念頭にあったので、毒虫に拘《こだわ》ってしまった。自分の腕の赤い斑点と画像を照らし合わせながら、検索結果からめぼしい記事を読み漁《あさ》る。

最も近いものは『日本紅斑《こうはん》熱』。似た症例で『つつが虫病』があるが、つつが虫病は手のひらに斑点は出ないらしい。

野山などで、リケッチアを持つマダニに咬《か》まれると感染する。潜伏期間は二日から八日だから、まさに取材旅行中だ。四肢に無数の赤い斑点が出る。

『頭痛と発熱と倦怠感を伴う』――との記載を見つけて、私は首を傾げた。

頭痛はない。発熱もないのだ。倦怠感はないでもないが、これは旅行疲れだろう。主な徴候として発熱と発疹、咬まれた痕《あと》が挙げられている。まあ咬まれた傷は探せば見つかるだろうが、発熱はない。

発疹の画像が貼られていたので、自分の腕と比べてみる。

画像では、湿疹やかぶれが認められたが、私の腕には赤い斑点だけだ。しかも数が違いすぎる。

私の両腕に発症した赤い斑点の方が小さいし、倍はある。夥しい数の小さな赤い斑点が見た目に衝撃的だ。

皮膚科へ行けばすぐに分かることなのだろうが、私は躊躇した。

妙な伝染病だとしたら嫌だ。頭痛も痛みも痒みもない。外に出る仕事でもないし、いまのところ生活に支障はない。取材旅行を別にすれば、近所のスーパーやコンビニに行くのはともかく、電車や車やバスなどの交通機関を利用した外出なんて年に十回もないので籠もりきりの生活が日常だ。なにより診断やら治療やら時間を取られそうだし、面倒くさい。

私は部屋で取材資料をまとめながら、しばらく様子をみることにした。本来身体が持っている免疫や抗体などの治癒力に頑張ってもらうのだ。

そして四日後。

両腕に浮き出ていた夥しい数の赤い斑点は、きれいさっぱりと消えた。

私の身体は、よく分からない虫の毒を打ち消したようだ。

初戦は私の健康体の勝ち。

＊

二度目の毒虫被害は強烈だった。

東武《とうぶ》線で東京から北へ、鬼怒川《きぬがわ》の上流へと向かう。野岩《やがん》鉄道で鬼怒川温泉駅から三つ目の駅が龍王峡《りゅうおうきょう》だ。

龍王峡駅のホームには、夏休みに入ったせいか家族連れの姿が目立った。景観を楽しみつつ親子でハイキングとは羨ましい。こちらは仕事だというのに。

車内で脱いでいた夏用のジャケットを手に抱えながら、子どもたちのはしゃぐ声に先導されて改札を抜けた。

空が青い。夏の陽射しと清涼感がある空気に包まれて、思わず目を細める。東京とは気温も大違いだ。

辺りを散策するくらいの時間はあるが、右手にお休みどころの店が並んでいる。開けっぴろげな店先が、海水浴場の『海の家』を想起させる。

さてと――。

歩き始めようとしたとき、シャツを袖まくりしていた右腕が爆発した。

「痛《つ》っ……」

電動ドリルが腕を貫き、一気に肉片が拡散する。

――そんな感覚があった。

息が止まり、その場に頽《くずお》れる。全身が総毛立《そうけだ》つ。

いったいなにが起きた。

おそるおそる右腕に目を遣る。

特に異常は見られない。血は出ていない。穴も空いていない。赤く腫れてもいない。ないないづくしなのに、明らかになにかがあったのだ。この酷《ひど》い痛みは幻覚ではない。

視界の端を小さな羽虫が過ぎる。二センチくらいの、枯葉色の細長い虫が羽ばたいて飛んでいく。後ろ脚が太ければバッタだと思っただろう。

「……虫？」

「刺されたんかい」

初老の男性が傍に立っていた。顔をしかめつつ、こちらを見下ろしている。

「あん虫に刺されると、痛えんだよなあ」

「虫ですか」

「そうだ。目立たないし、この辺じゃ珍しくないが、刺されたら飛び上がっちまう」

気の毒そうに私の右腕を覗き込む。

「でもな、痛みだけだ。腫れることもねえし、二時間もしたら痛みも消えるかんな。

その辺の店で休んでりゃ、けろっと治るから安心しろや」

土地の人だろうか。彼は軽く手を挙げて、去っていった。

……いや、そもそもここはどこだ。私はどうしてこんな緑豊かな場所にいる。私
――進木独行だ。うん、大丈夫。ここは――龍王峡だ。電車で来たばかりだ。

私の異常に気づいた人が数人、様子を窺っている。心配げな視線がまた痛い。

腕の痛みはまだ消えない。右手に店が並んでいたので、私は右腕を左手で押さえつつ、近場の店へ入った。

奥の席に腰を下ろし、アイスコーヒーを注文した。差し出されたおしぼりで右腕を包《くる》む。

八月初旬の昼下がり。昼食を終えた客が引けて、ぼちぼち空席が出ている。店の奥だが、海の家のように壁はなく、裏の道へと開けている。すぐ先は鬼怒川に架かる橋へと続く山道になっているので、姿は見えないが親子の声が下方へ流れていく。

運ばれてきたアイスコーヒーに口をつけて、小さく溜め息を吐いた。

毒虫か。

屋外で、小さな虫なんて防ぎようがない。いや今回も夏だからといって長袖を袖まくりしていた自分が不用心だったわけだが。

痛みがいくぶん退いた。しかし強烈な記憶は遺っている。

気を落ち着けて店内のメニューを眺めたら、イワナとヤマメの串焼きの文字に目が留まった。大好物だ。

なにしろ他の魚と違い、イワナとヤマメは頭から尻尾《しっぽ》まで綺麗に平らげることができる。アユやニジマスでは頭が硬すぎて、そうはいかない。

私は手を挙げてイワナを注文した。

少し時間がかかったが、待たされてもそれだけの価値はある。私は熱いイワナに頭からかぶりついた。

数年ぶりの味に舌鼓を打ちながら、右腕を確かめた。

やはり刺された痕は見当たらない。傷みだけが刺された証しだ。

妙な毒だ、と思う。

虫の毒による被害は症状もさまざまだ。特に詳しいわけではないが、被害に遭ってから少し勉強した。

生存戦略として毒を持つ生きものは、まず特定の相手を想定している。捕食や天敵に対するものとして用いるのが普通だ。

例えばクモ。すべてのクモは毒を持っている。有毒にもかかわらず、図鑑などには

『有害』『無毒』などと表示されている。つまり人間からの視点で判別されているわけだ。大型動物である人間にとって、微量の毒は有害でもなんでもない。クモは捕食の際に相手の動きを止めるために毒を使う。クモにとって人間は捕食対象ではないので、それほど強い毒を持つ必要はない。むしろダニやゴキブリの幼生を食べてくれるので、クモは虫ではないが益虫に相当する。

今回の毒は強い。たぶん敵に対しての使用を目的としたものだ。こちらに敵意はないので、強く警戒してのものだろう。いい迷惑だ。

次に毒の種類。

フグ毒のように、心肺停止を引き起こす毒は分かりやすい。敵を仕留めるための毒だ。一気に敵を倒す。強すぎるため、滅多にそんな毒には出くわさないが、広く注意喚起されている。

多くの毒は、身体を損傷させるものだ。ヘビが持つ毒は患部の生体組織を破壊する。筋肉組織が融解したら活動がかなり制限されるので、攻撃として有効だ。

クモの毒は体調不良を引き起こすらしい。人間に対しても有効だというクモの毒は、高熱を伴い、意識を朦朧《もうろう》とさせて動きを鈍くさせる。相手が小さな虫の場合、捕食が目的なので身体を麻痺させる。

毛虫の毒針毛はどうか。毒としては弱い。腫れるものの、せいぜい痒みを伴うだけで、アレルギーを引き起こすくらいだ。

以前体験した、両腕の赤い斑点を思い出す。

痛みはないが、見た目は強烈だった。誰が見ても異常だと分かる。群れをつくる動物なら、「お前、あっちへ行け」と仲間外れにされることは間違いない。毒の効果としては弱いが、孤立化させることはできるだろう。これも戦略なのか。

では、痛覚だけというのはどんな攻撃なのか。

イラガの毒が近いが、幼虫は俊敏に逃げることができない。「俺に触ると痛えぞ」と主張するだけだ。とうぜん退治されるので、あまり生存戦略には適さないと思える。

今回の虫もまた、身体や意識へのダメージはない。刺した相手の動きを一瞬止めるだけだ。刺してから次の攻撃へ移るわけでもない。一時的な猶予をつくるだけ。ただ、逃げるだけ。

つまり逃げるための時間稼ぎだ。

しかし効果は強い。自分の腕が消し飛んだかと感じたほどだ。頭の中が真っ白になった。

痛覚に干渉するだけの毒だが、その一点を突出させるよう、進化したらしい。

嫌な虫だ。

なんという虫だろう。

スマホを取り出してネットで検索してみた。しかし該当する虫が見つからない。こちらの地元では有名らしいが、いくら検索してもそれらしき虫が出てこない。山間部限定で生息する虫だろうか。

ひとしきりネットで調べたが徒労に終わった。

私は大きな溜め息を吐きながらスマホを仕舞った。

店の客は自分を含めても三人だけになっている。卓に落ちている枝葉の影が揺れる。周囲の木々から涼やかな鳥の鳴き声が聞こえてくる。渓谷を散策すれば、さぞかし空気が美味《うま》いだろう。

痛みはすっかり消えていた。

――そろそろ店を出るか。

脇に置いたジャケットを手繰り寄せる。

はて、どうして自分はジャケットなんぞ着ているのか。山だからと長袖を着ることはあっても、わざわざジャケットまで羽織る必要はない。なんならフィッシング用のベストでも充分だ。

まるで人と会う出で立ちのようだ――。

私は慌てて手帳を取り出して頁を捲った。今日の日付を確かめて、カレンダーの予定表に目を遣る。

『十四時、龍王峡駅前駐車場にて。佐伯彦造《さえきひこぞう》さん』

思い出した。

鬼怒川の流域にはいくつかダムがある。その昔、そのダムの建造計画に携わったという方をネットで知り合った人から紹介された。それならばと取材を申し込み、会う約束をとりつけた日こそ、今日のこの時間だった。

腕時計の針は十四時を少し回っている。

当面の行動予定を頭から飛ばされたらしい。おそらく激しい痛みを与えて、前頭葉を刺激したに違いない。

直近の記憶や行動予定は、前頭葉に収容されている。一時的なメモリだ。

健康的な人間脳が、短期記憶で同時に記憶できるものは六つから七つだという。物書きとして興味深いネタだったので、以前調べたことがある。

そのメモリに記録されているデータを、この虫の毒は一気に吹き飛ばすのだ。

あくまで一時的であり、すぐに情報は再認識されていく。

だが逃げるには充分だ。直近の行動計画を消去させて混乱させるとは、なかなか効果的な毒だ。

荷物を抱えて、私は急いで駐車場へと走った。

実に嫌な虫だ。

よくも仕事を邪魔しやがったな。今度見つけたら、迷わずぶっ殺してやる。

著者撮影

# 町の灯

創作作品、特に長編で現実にある特定地域を舞台にする場合は、取材が欠かせないと私は思っている。

デビューしたあとならまだいい。しかし作家志望の身で、新人賞へ応募する作品を執筆するために取材旅行を重ねていた頃は本当に肩身が狭かった。

ときに平成二十五年、そんな頃の話である。

――◇◇◇――

ちりりん。

後ろから自転車のベルの音がした。

こちらも自転車だったが、あてもなくレンタサイクルでぶらぶらとタウンウオッチングしていたところだったので、通行の邪魔になってしまったようだ。慌てて自転車を路肩へ寄せる。

やりすごそうとして停まったが、後ろから追い抜いていく自転車はなかった。振り返り、後ろを確かめる。

自転車はいなかった。それどころか通行人の姿もない。

平日の午後。空き地も多い、郊外の住宅地である。見通しがいいので、通行人がいればすぐにそれと分かる。

さては空耳だったか。

私——進木独行は、曇り空を見上げて独りごちると、傾けていた自転車を起こしてペダルを踏み込んだ。

まだ作家志望の身である。一週間の日程で、応募作を執筆するための取材旅行だった。時間もお金も貴重だ。この旅行費用と時間を捻出するために日頃どれだけ質素な生活をしていることか。

ホテルのある駅前を中心にして、二キロくらいを朝からぐるりと回った。基本的な地理を頭に入れるためである。

駅前の公園まで戻り、しばし休憩した。

公園に面している駅は無人駅だ。朝夕の通勤通学時間以外は乗客も少ない。公園もそこそこ広いのだが、歩いている親子連れは二組だけだった。周りには田んぼも多く、いかにも郊外の住宅地といった風情《ふぜい》だ。

吹奏楽部が練習しているのだろうか、近くの学校から管楽器が奏でる調べが流れてくる。多少のぎこちなさはあるものの、真剣な様子が窺えて微笑ましい。

時計は三時を回っていた。

一キロほど南に大きなショッピングモールがあったので、私は夕食をとるためにそこへ向かった。むろん夜食の調達も兼ねている。

広い駐車場には客の車が並んでいる。利用車は四割くらいだが、まだ夕方前なのでこれからなのだろう。

建物の脇にある駐輪場には、一台しか自転車が停められていなかった。

私の地元、東京の下町とはえらい違いだ。自転車と車の比率がまったく違う。やはり首都圏を離れると車社会なのだと実感する。

食堂街で夕食をとり、食品フロアで夜食と飲み物を購入してから、私はホテルへ戻った。自販機の飲み物はやはり高いので取材費を圧迫してしまう。

私は作品の舞台となる土地で、最低七日間は生活することにしている。作品内に描写されることがたとえ一行でも二行でも、物語を生む著者の頭には、舞台となる土地のイメージが完成していなければならない。

観光ではないので大抵はビジネスホテルだ。安いに越したことはないが、カプセルホテルではかき集めた資料の整理に手間取るので、最低でも机があることが必須である。

ホテルの部屋から、通りを見下ろす。建物の陰になっているためよく見えないが、スマホを手にした長身の男が異国の言葉を話しながら歩いている。日本の国際化は目覚ましい。地方の郊外にある住宅地でも外国語が飛び交っている。

近くの踏切が警報と共に下りていく。『赤電《あかでん》』の愛称で呼ばれている遠州《えんしゅう》鉄道の車両が線路を鳴らしながら通り過ぎる。それを合図にしたかのように、街灯に明かりが点る。

一日自転車を駆って周辺を走り回ったので疲れたようだ。風呂で汗を流してベッドに潜り込んだら、あっという間に寝入ってしまった。


取材三日目。

昨晩は早々に眠ってしまったので、まだ暗いうちに目が覚めてしまった。時計を確認したら朝の四時過ぎだった。

部屋に設えてある冷蔵庫に入れておいたミルクコーヒーを開けて口をつける。手帳と資料を広げて予定を確かめていると、窓の外が白んできた。踏切が下りる警報が鳴り、少し間を置いて、始発らしき赤電が通る音がする。

しばし町の朝を眺める。

舞台となる土地の空気は昨日体感したので、今日は土地の歴史を調べたい。産業の発展のみならず、その土地の図書館でしかお目にかかれない伝奇本があればありがたいのだが。

それらしき資料はないものかと事前にスマホで検索してみたが、めぼしいものは見つからなかった。

ホテルのバイキングで朝食を済ませてから、部屋で時間を調整して外出した。

市立図書館が沿線の駅前というのはありがたい。ホテル前の無人駅から、新浜松《しんはままつ》行きの赤電で市立図書館へ向かう。通勤時間を過ぎていたので乗客も疎らだった。学生風の若者の姿が目立つ。

図書館に着くと、最初に地元の産業史を漁った。コーナーが設けられていて資料となる本も多い。

浜松は機械製造や繊維産業から発展した土地である。その後は楽器やバイクなどの製造業へ移行した。時代とともに主役となる産業が移り変わっていく歴史がたいへん興味深い。ものづくりの精神が培われて発展していく歴史に心が疼くのは、日本人ならではだろうか。私は手に職を持つ、技術屋に感情移入しやすい。

相変わらず浜松の第一印象はうなぎなのだが。

次に、地元の風土史を中心に資料を漁った。民話などの伝承に傾倒する私としては、むしろそちらに食指が動く。

民話などの伝承は水に沿って流れる。高低差がある海と山よりも、海沿いに伝わりやすい。たとえばコウモリを意味する『蚊喰い鳥』は海沿いで広範囲に広まっているが、内陸ではそれほど使われない。たぶん人の流れは水ありきということなのだろう。

しかし浜松には天竜川《てんりゅう》がある。利根川《とね》などと同じく、平野から山地まで、さぞかし幅広い民話があるだろうと期待した。

昼食もとらずに地元の民話を探して読み耽った。

しかし結果としては、普通だった。突き抜けた話を期待する方が酷なのかもしれないが、全国に残る民話と大差ない話が綴られていた。

天竜川上流を中心として、河童《かっぱ》や天狗《てんぐ》の話が集められている。話の内容よりも妖怪に魅力を感じて伝承されたのだろう。その土地ならではの話というより、妖怪話の色合いが強く感じられた次第である。

ただ、とある妖怪の話には興味が湧いた。

名前はない。ぬっぺらぼうを想起させる粘土みたいな身体で、ぶよぶよしていて柔らかい。目や鼻や口のような窪みがある。背丈が二メートルくらいある大きなものもいれば、子どものように小さなものもいるらしい。家族のように複数で暮らしている。人懐こく、人間の真似をするのが好きだという。

子どもたちがコマや羽子板で遊んでいたら、そばに来て同じ動作をする。人の姿に擬態しようとするがうまくいかない。仲間に入れて遊んでやると、とても喜ぶ。帰りにコマなど玩具《おもちゃ》をあげたら、喜びながら姿を消した。あとで木の実を玄関先に置いていってくれたという話があった。微笑ましい妖怪である。

私は駿府《すんぷ》城に現れたという妖怪の話を思い出した。

昔話だ。子どもくらいの大きさで、肉の塊《かたまり》に見えたという。名前は『ぬっぺふほふ』とある。『ぬっぺっぽう』と同じ種類か。目や鼻や口がない。時の城主だった徳《とく》川家康《がわいえやす》が捕獲を命じたが、動きが素早くて捕まえられず、山の奥へと追いやった。

外国では『封《ほう》』と呼ばれる妖怪らしい。その肉を食すといろんな力が芽生えるというから、まるで人魚の肉だ。

京都では同じ種類の妖怪としか思えない『のっぺらぼう』の話がある。身長が二メートルを越えるものもいる。江戸では『むじな』がそれに相当するのだろうか。

実に夕方まで図書館に長《なが》っ尻《ちり》をしてしまった。

私は浜松へ出て、駅ビルの上階にある書店で、資料になるかなとチェックしておいた本を三冊ほど購入した。

そのあと駅で夕食をとり、夜食になるような総菜を食品街で購入してから、赤電でホテルへ戻った。

資料を整理しながら窓の外を眺めると、すっかり暗くなっていた。歩く人のない街に街灯の光だけが点っている。

心地よい夜の静寂に心が落ち着く。

私は手帳の予定表を確認して、ベッドに潜り込んだ。

取材四日目。

今日は一日、事件現場の取材だ。

赤電で終着駅の西鹿島《にしかしま》へ。通学時間だったので、バス通いの制服姿の学生が目立つ。

バスの行き先を確認して、光明山《こうみようさん》へと向かった。

光明山はそれほど高い山ではないので、登山というよりハイキングだ。小学校のイベントなどでも利用されているらしい。見晴らし台まで一時間とかからない。

登り口は二つある。私は裏手の、道の駅から入るコースを選んだ。人家がないので、事件を起こすにはもってこいだ。

……ふと気づいたが、物書きを志してからというもの、考え方が不穏になってないか。いや、たぶん気のせいだろう。

登山口は、道の駅から道路を渡った先にある。そのど真ん中で激しく蠢いているものがあった。

ヘビだ。黒い鱗から光沢を放ちながら、楔状《くさび》に身体をくねらせている。

私と同じように、道路を向こう側へ渡りたいらしい。しかし激しい動きに反して、遅々として進まない。どうやらアスファルトの路面が腹の鱗にうまくかみ合わず、滑ってしまうようだ。

しばらくその動きを眺めていたが、ようやく向こう側の土にたどりついたヘビは、それまでとは打って変わった速度で茂みの中へ消えていった。

エナメルのような黒っぽい光沢は一見してタカチホヘビだ。奥深い森林に生息するヘビだが、やはり舗装された道路は苦手らしい。なにか無理からぬ事情があって出てきたのだろう。

気を取り直して登山道に入る。道中は持参したカメラで写真を収めていく。

歩き始めて気づいたが、どうやら私はこの日最初の登山客だ。明け方にクモが巣を作るために流した糸が、歩を進めるたびに身体にまとわりついてくる。実に鬱陶しい。

勉強になった。山に入るなら、その日一番はやめるべきだ。

アクシデントは、目的地の直前で起きた。

見晴らし台に着く手前は、尾根のような細い道になっている。右も左も斜面なので眺めがいい。高圧電線の鉄塔が斜面に並ぶ。

その道が削られていて、赤土が剝き出しになっていた。

先週の台風だ。とんでもない傷跡を残していきやがった。

通行止めになっていないのは、先週から誰もこちらの道を上らなかったのだろう。

木々が生い茂る無事な道まで目測で五メートル。おそるおそる足を踏み出してみたら、十センチ以上も赤土の中へ足がめり込んでしまった。それでも前へ進むと、足下が滑り出し、身体が斜面へ流されていく。

誰もいない場所である。このまま流されたら、身動きがとれなくなって助けを呼ぶことが出来ない。

慌てて尻餅をついて、足を赤土から抜きつつ、身体を転げて元の道へ戻した。

立ち上がり、肩で息をしながら対面する向こう側の登山道を睨《にら》む。

遠州を一望できるという、目的地の見晴らし台まで二十メートルもない。だが、その手前の道五メートルが渉《わた》れない。

まるで最終選考に残りながら、タイトルを目前にして諦めねばならなかった新人賞だ。

苦汁を飲むとはこのことだ。

仕方なく私は肩を落としながら上ってきた道を戻った。

道の駅で時間を確認したところ、登山道に入ってから実に三時間以上経っている。登りですら所要時間は一時間とかからないコースに、倍以上の時間をかけたことになる。

ベンチに腰を下ろしながら空を仰ぐ。

疲れたのは身体だけではない。心は、それ以上に疲労困憊していた。なにもやる気がなくなって、午後は天竜浜名湖《はまなこ》鉄道を楽しむことにした。取材日程では少し早めの休息となる。

単線を一車両で走る天竜浜名湖鉄道は、心を休めるにはちょうどいい。なにしろ停車する駅はほぼ無人駅だ。ホームを降りても改札がある駅舎がない、柵があるだけという駅もある。心が和む。

夕食にする総菜を多めに買って、午後四時過ぎにホテルへ戻った。一階の大風呂で汗だくになった身体を癒す。これで夕食をとったら、すぐに眠ってしまうだろう。

その前に、と部屋の机で手帳を広げる。カメラに収めた画像を確認しながら、この日の出来事を振り返り、メモをとっていく。一度眠ったら忘れてしまいがちなことはたくさんあるのだ。

作業を終えてから夕食を済ませ、食後のコーヒーを味わいながら窓の外を眺める。すっかり辺りは暗くなっている。誰もいない通りを照らす街灯の光が、侘しさをより強く感じさせた。

時間は夜の八時前だった。

静かな町だ――。

独りごちて、コーヒーを飲み干す。

ベッドに潜り込むなり、意識が落ちた。


取材五日目。取材旅行も後半である。

赤電で浜松へ向かい、市役所へ。市の歴史が記載された刊行物や市民向けの広報に片っ端から目を通す。特に市民の声が掲載されているものは参考になる。その土地で生活している方々の生の声だからだ。なので、ホテルでテレビ番組を観るときは、できるだけ地方局のものにしている。

『ご自由にお取りください』と記載されたラックに入っていたタウン情報誌に、興味深い記事があった。

自転車の利用環境に関する市民の声である。

いわく、『自転車は不便だ』。

しかし一読すると、自転車そのものに対する不満ではない。自転車を利用するにあたり、街の道路環境が不便だという意見だった。

たしかに取材旅行の二日目に、私自身も感じたことである。この街の人も、同じことを感じているらしいと分かり、記事に共感を覚えた。ショッピングモールに駐められていた自転車の数は、駐車場の車の数に比して極端に少なかった。

記事ではその一例として、市役所を利用するにあたり、自転車で訪れることが困難になっていると述べられていた。自転車で来ることはできる。しかし精神的な圧迫感があるという。

歩行者は歩道を歩けばよい。車の場合は、道路から直接駐車場へ入ることができる。けれど自転車の場合、車と同じく広い車道を、車と同じように道路を曲がって渡らねばならないという指摘だった。

自転車は車と同じ扱いなので、原則車道を走らねばならない。法的に正しいことだが、たしかに車が行き交う車道を車と一緒に走るというのは覚悟がいるかもしれない。高速道路をバイクで走っているときに、トラックに幅寄せされたら誰でもおののく。たぶんそんな感覚を持つような立地になっているのだろう。

自転車は歩行者にとって危険なので、商店街などでは降りるよう求められることは多い。車道でも自動車の運転者からしたら鬱陶しい。

首都圏以外では車社会なので、自転車はつまはじきにされる。取材旅行で、よくレンタサイクルを利用する私としては痛し痒しだ。

なるほどなあ、と頷きながら、私はその冊子を鞄《かばん》に収めた。

次の目的は駅の近くにある大学だ。作品の主人公が通っている設定になっている。駅前のバスターミナルから、大学前の停留所を通るバスを選んで乗り込む。近いため数本のルートが重なっているので、さほど手間はかからずに目的地へ行くバスを見つけることが出来た。

大学前はバス通りに面している。正門から、中の広いキャンパスが窺える。入って取材したいところだが、作家ですらない志望者の身としてはどうにも敷居が高い。申し立てても不審者としか思われないだろう。

正門前を何度か素通りして、構内の石畳を歩く学生たちの姿を頭に印象づけたあと、学生たちが出入りしている喫茶店を通りに見つけて入った。

ブレンドコーヒーを注文して、手帳を広げてメモをとった。自身が感じた、大学と周辺、学生たちのイメージは貴重である。作品世界に反映されるためだ。

同時に、他のテーブルに座っている学生たちの会話に耳をそばだてる。

訛りがあまりない。普通の標準語が多い。テレビの影響かもしれないが、ら抜き言葉だけは勘弁してほしい。

これも取材である。数時間、私はその店で過ごした。

やはり地方から来ている学生もいるようで、関西弁や京都弁を時折耳にした。よく耳を澄ますと、他の方言も混じっている。

「だって無理じゃんよお」

「したっけ、俺が三日後までに仕上げてやる」

『じゃん』言葉は、書き言葉としては全国で使われているが、口に出して使用されている地方は限られている。東京都南部から神奈川県、静岡県から愛知県までだ。さほど遠くない場所から来ているらしい。

『したっけ』は北海道の方言だ。「じゃあ」「そうしたら」、別れ際の言葉「それでは」「じゃあね」という意味だと昔の職場で同僚から聞いたことがある。中央省庁や、全国展開している会社の本社では各地の方言が飛び交っている。実に勉強になった。現代ではみんなテレビ言葉を話すようになったので、方言が飛び交う職場環境なんて、ひと昔前の話になった。

駅前で夕食を済ませてから、赤電に乗った。さすがに帰宅する人たちで乗客は多い。意識して混雑する時間を避けて行動していたので、久しぶりに街にいる感覚を取り戻した。

人が大勢住んでいるからこそ、街があるのだ。

駅で降りたのは、私の他には会社員風の男二人と、ＯＬ風の若い女性が一人だけだった。ホームを降りるとそれぞれが別の方角へ歩き出したので、あっというまに私一人だけになってしまった。踏切の手前で周囲を見渡したが、人の姿はない。宵闇《よいやみ》の道に一人立つ。なんとも寂しい情景だ。

街灯は既に灯りを点している。

瞑目して溜め息をこぼしたら、自転車のベルの音とともに一陣の風が脇を通り過ぎていった。顔を上げたら、走り去っていく自転車の後ろ姿が見えた。その向こうにライトの光の筋は窺えない。この町で初めて自転車に乗っている人を見たというのに、無灯火で走っているらしい。

なるほど、交通法規を守らない人がいるだけで、運転する人とともに、自転車まで悪者にされてしまうのだなあと実感した。

ホテルの部屋へ戻ったら七時過ぎ。部屋のテレビを点けて、ニュースを流しながら風呂へ入った。

風呂上がりのミルクコーヒーを飲みながら、部屋の窓から夜景を望む。

予定していた一日の取材を終えた満足感と、心地よい疲労を楽しんだ。

ぼんやりとひと気のない通りを眺めていたら、ふとあることに気づいた。

時計を確認したら八時過ぎである。

……妙だ。

静かすぎるのはいい。歩く人がいないのも頷ける。

だが、窓の明かりがない。家族団欒《だんらん》の時間だろうに、灯が点る家がないのは、どういうわけだ。

家屋に人の気配がない。

部屋を出て、廊下の突き当たりの窓から外を覗く。

ホテルの北側の窓から眺めても、窓に灯りが点っている家屋がない。まるで誰も住んでいない、無人の町のようだ。

背筋に冷たいものが流れた。

私は部屋に戻り、首を傾げながら就寝した。


取材六日目。明日は息抜きにあてる予定なので、実質的な最終日になる。

今日は新人賞応募作の主人公の足取りを、一日かけて自転車で実際に回る。

ホテルのフロントで自転車を借りる際に、昨晩気になったことを訊いてみた。この辺りの住宅には誰も住んでいないのだろうか。どの家も、夕方以降は雨戸やサッシを下ろしているのか。

「たくさん棲んでますよ」フロントの男性は答えた。

大勢住んでいる、の間違いでは。

「用心のため、部屋の光が外へ漏れないよう、カーテンだけでなく雨戸やサッシで窓を閉めてる家もありますからね。特に気にかけることはありませんよ」

そうなのか。どうやら自転車で回りながら、自分の目で確かめた方が早そうだ。

私はレンタサイクルの鍵を借りてホテルを出た。

駅前とはいえ閑静な住宅地である。近くに学校があるものの、九時を過ぎれば学生たちの騒ぐ声も聞こえない。通りに人の歩く姿もなく、心おきなく私は自転車のペダルを踏んだ。

通りすがりに家屋の窓を確認する。

カーテンは下がっているが、雨戸のある窓は少ない。テレビ番組や音楽などの音が洩れ聞こえてくる。どうやら誰もいないわけでもなさそうだ。

なぜ夜中に窓の明かりが点らないのだろう。もしかしたら防犯のためにカーテンが分厚いのかもしれない――。

自分を納得させつつ、私は住宅地を抜けて天竜川へと向かった。

市街地ではないので、建物が隙間《すきま》無く並んでいるわけではない。ほどなく更地《さらち》や田んぼが広がってきた。点在する大きな建物は倉庫や工場だ。そんな風景を楽しみながら自転車を走らせる。

……走りづらい。私は顔をしかめた。

もし徒歩での移動だったなら、感じることができなかっただろう。自転車ならではの走りづらさを如実に感じた。

町なかの主要道路なら、ガードレールもあり、白いラインが引かれている。車や歩行者が行き交う道が整然としている。しかし一つ道を外れただけで様相が変わるのだ。

畦道《あぜみち》ではないので、道路は舗装されている。しかしセンターラインはない。ガードレールもない。なによりの問題は、道路の両端にある側溝《そっこう》だ。

蓋《ふた》がないのだ。おかげで、ただの深い溝になっている。

たとえばトラックとすれ違ったとしよう。道の端に寄るのは当然としても、あおられて風で体勢を崩してしまうこともよくあることだ。

そのとき、タイヤが溝に落ちたとしたら。伸ばした足が溝の縁に着けばいいが、滑《すべ》ったとしたら――。

自転車は大きく横へ傾くだろう。転倒するに違いない。

しかし、横に地面はない。もとい、約半メートルくらい下が地面なのだ。田んぼなのだから。

横に突き出した足は地面を捉えられず、自転車ごと落差のある荒れ地や田んぼへと転げ落ちるのだ。

その様を想像して、私は身震いした。

側溝をのぞき込み、深さは二十センチくらいかなと目測していたら、早速二トントラックが向かいから走ってきた。反対側へ寄って自転車を停めたが、やはり足を出す場所や前輪のライン取りを誤ると落ちてしまいそうだ。雨天ならたまったものじゃない。

トラックをやり過ごし、私は真っ直ぐ天竜川へと向かった。

道の突き当たりが土手だった。工場だろうか、隣に大きな建物がある。土手に沿い、金網のフェンスで囲まれている。

土手へ続く道が近くに見当たらなかったので、私は自転車を押して芝の斜面を上ることにした。高さは隣の建物の三階くらいだ。五メートルほどだろうか。

剝き出しの土は滑る。登り切るまで十分くらいかかってしまった。

土手の上にはアスファルトで舗装された道路があった。意外にも交通量があり、車間距離はあっても車が途切れない。見通しがいい一本道なので、どの車も速度を上げている。どう見ても時速五十キロは越えている。一台が通り過ぎるたびに、縁に立っている私の頬に強い風があたる。土手を歩く人を守るガードレールはない。白いラインもない。間違いなく、車のためだけの道だった。

土手の向こうに天竜川が流れている。手前は運動公園になっていた。川には中州があったが、さすがに川辺に降りて水に入ることは躊躇われた。

対岸にも土手がある。ヤマハの工場の屋根が頭を出していたが、建物自体は土手の向こうに隠れている。あちら側も、それなりに高さがあるのだろう。

上流に目を向けると、浜北大橋《はまきた》があった。その長さが天竜川の幅広さを物語っている。さらにずっと上流にはダムがあり、観光スポットである『夢のかけ橋』がある。そこで景観を楽しむことは、取材旅行最終日である明日の楽しみだった。

ようやく取材旅行も終わりに近づいたことを実感しつつ、私は自転車に跨《また》がって浜北大橋へ向かって走り出した。

川を渡る風が取材で気張った心を洗う。青い空に筋雲が浮かんでいる。

向かい風に圧《お》されて、思わずペダルを踏み込む。

後ろからエンジン音が近づいてきた。速い。

振り返る余裕はないと悟り、道の端へ自転車を寄せる。

すぐ横を、猛スピードで乗用車が走り抜いていった。

同時に風圧が私の身体を襲う。たまらず体勢がぐらついた。

右に左にタイヤが蛇行して身体が揺れる。道の端にかかっていた前輪が滑落《かつらく》した。

斜面に吸い込まれるように身体の位置が下へスライドする。手元のハンドルに胸が当たりそうになる。

——危険だ。

ただ落ちるだけならまだしも、自転車の車体に絡まれたら大怪我に繋がる。

私は摑んでいたハンドルを力任せに前方へと放り出し、全力で車体から身体を引きはがした。

全身に芝の衝撃を受けた。頭を竦めて、顔の前を両腕でガードする。一瞬、目の前を芝生と青い空が横に流れていった。身体が激しく回転しながら斜面を転がり落ちていく。呼吸する暇《ひま》なんてない。

いったいどこまで落ちるのか。

背中に金属があたる衝撃があり、——止まった。

頭の上、すぐ傍に自転車の車体が斜面を滑ってくる音がした。ほどなく金網が鳴る音。

ゆっくりと目を開けた。

私と自転車は、芝の斜面を一番下まで滑り落ちて、工場の金網フェンスの裾で止まっていた。

緊張が続いているせいか、さほど痛みはない。だが時間を置けば全身が痛むだろう。

休んでいる暇はない。

私は身体を起こし、同じようにフェンスまで滑り落ちてきていた自転車を確かめた。

自転車を起こしてハンドルを握る。どうやら曲がっていない。タイヤもパンクしていない。少し前に進めてみて、ホイールが歪んでいないことに安心する。チェーンがたわんでいると思ったら外れていた。フェンスに車体を立てかけて、しばし奮闘する。手が油で汚れてしまったが、この程度で済んだのは幸いだ。

バックパックを背負いなおして、再び自転車を土手の上へと押し上げていく。

芝は滑る。少しずつ押し上げるがタイヤが滑り出す。上から引いた方が早いと気づいて、前輪を持って、担ぐようにして土手へと引き上げた。

もう自転車に跨がる気にはなれなかった。ハンドルを摑んで、道の端を浜北大橋へと歩いた。

ちくしょう、ちくしょうと呟きながら。

ようやく橋に着いた頃、身体の節々が痛み始めた。打ち身である。

浜北大橋の袂に自転車を立てかけて、蹲る。

――なにをやってるんだ、自分。

身体を張って、笑い話にならないほど時間をかけて、もうぼろぼろになっているじゃないか。費用だって馬鹿にならないというのに。

天を仰いで自問自答する。

創作とは、それほど価値あるものなのか。

いや、愚痴るまい。己で決めるべきことだし、実際に自分で決めたことだ。

どうやら自分はなにかに取り憑かれているらしい。でなければ病気だ。内に湧いた話を紡《つむ》ぎたいと願ったが最後、他のなにを捨て置いても身体が動いてしまう。

だからこそ、私はここにいる。

小さく溜め息を吐きながら、私はやおら立ち上がった。

さてと、橋の向こう側を回ってみるか。

私はサドルに腰を下ろし、目の前に真っ直ぐ続いている橋を渡り始めた。

あちこち痛む身体に顔をしかめながら、ゆっくりと。


帰りは夕方になった。

これで仕舞いだからと、調子に乗って天竜川沿いを回りすぎてしまった。おかげで辺りがすっかり薄暗くなっている。

ようやくホテル近くの、見覚えがある場所まで戻ってきた。やや大きめの公園である。その先はもうホテルだ。

安堵の溜め息を漏らしつつ、通り沿いに缶コーヒーの自販機を見つけて速度を落とした。

ちりりん。

後ろから自転車のベルの音が響いた。

虚を突かれたかたちになった。身体が強ばると同時に痛む。思わず左右にふらついた。

刹那、後ろから頭になにかがあたった。

わずかに弾力を感じた。たぶん肩か肘だ。

「痛っ……」

後ろから射すライトの光なんて感じなかったぞ。さては無灯火か。こんな奴らがいるから自転車が嫌われる。

ふらついたのは悪いが、避けてくれてもいいじゃないか。前の自転車を避けられないほど道は狭くない。

顔を上げたが、前方に人影はなかった。急いで辺りを見回したけれど、やはり誰もいない。

私の耳は微《かす》かな音を聞き取った。

前方に、タイヤの軋《きし》む音と息遣いが遠ざかっていく。

目を凝らしたが、誰もいない。しかし間違いなく何者かの自転車が走り去っていくのを、私は感じ取っていた。

私はなにかが当たった部分をさすった。頭の上の方だ。

私は眉根を寄せた。

当たったのが相手の肘でも肩であったとしても、相手は二メートルを優に越える身体だということになる。

町なかに、そんな大きな生きものはいない。

私は三日前にこの町の図書館の蔵書で読んだ伝承話を思い出した。天竜川沿いの村に出没したという妖怪の話である。

彼らはいずれも人懐こい。

ふと思った。駿府城に現れたという、肉の塊にしか見えない妖怪は、その子どもの姿ではないか。

成長するにつれ、人の姿に近づいていくのではないか。

そして人間に成りすます。

目や鼻や口がないのは当然だと思う。なぜなら顔は人によって違うからだ。瞼《まぶた》の垂れ具合や皺だけでなく、目の大きさからして違う。鼻は高さやかたち、口などは歯の一本一本のみならず並びも異なる。顔そのものの造形を含めると千差万別だ。

真似しようと思っても、誰に似せたら良いやら分からないのだ。

だから顔がない。おおまかな目や鼻や口の位置に、それらしき窪みをつくるだけで精一杯なのだ。

駿府城に現れた妖怪は山奥へ追いやられたが、広範囲の山林の伐採や造成などの、やむない事情があって、山から出てきて、人が住む町に紛れているとしたら。

昔この辺りで子どもたちと遊んでいた妖怪だったとしたら。長じて人の姿を真似ることまで覚えたとしたら。

先般読んだ妖怪話では、コマをあげると喜びながら姿を消したという。つまり自分だけでなく、手にしたコマも見えなくなったということだ。もし自転車に乗ることを覚えて、捨てられた自転車に乗っていたならば、やはり自転車も見えなくなるに違いない。

誰にも気づかれないよう、明かりを灯さないのは、むしろ当然のことなのかもしれない。

人間だけでなく、妖怪だって進歩するはずだ。自分たちなりの言葉も話すだろうし、捨てられたスマホを拾って玩具にしていることも充分ありえることだ。

荒唐無稽《こうとうむけい》の馬鹿馬鹿しい妄想だが、そう考えると楽しいではないか。

人の社会から消えた文化を、どこかで妖怪たちがひっそりと継いでくれている——。

そんな話があってもいい。

彼らは、町の陰に紛れて暮らしているのかもしれない。

しばし道路端に佇《たたず》みながら、私は遠ざかっていく自転車のチェーンが軋む音を見送った。

著者撮影

# 母子像

桜前線が朝のテレビ番組で取り上げられ始めた三月末、大雪が降った。東京では珍しい。

庭のカメはまだ冬眠から目覚めていない。起きがけに大雪では体調を崩すのではと心配しながら窓の雪を眺めていたら、旧知から電話が入った。

「ヒトさんか、高畠《たかはた》だ。近いうちに会わないか」

高畠憲雄《のりお》は中学生時代からの付き合いだ。親戚が互助会を運営しており、その関係で葬儀を主に扱う仕事をしている。とある催事場の管理人だ。

高校は別だったが、大学で再会してからというもの、長い付き合いになっている。電話したり、たまに飲んだりする仲だ。

物書きの習性で、話のネタになるような出来事はないかと時折突いてみるが、「そんな話は聞いたことがないな」と返されてしまう。知り合いの中には無理に作り話を持ちかける奴もいるのだが、大抵は使えないし元ネタが割れているものもあるので辟易《へきえき》してしまうこともしばしばだ。

しかし高畠は実直で真面目な奴なので、ウケるために話を創るような性格ではない。素顔も、作っているのかと思うくらい苦虫を嚙み潰したような渋面だ。坊さんには祝い事と葬式専門の者がいると聞いたことがあるが、高畠は間違いなく後者だ。しかも家業に合っている。

そんな彼からの、久しぶりの連絡だった。

「実は先日、父が亡くなった。桜の花を見たら気が抜けたのかな」

がんで闘病していると以前から聞いていたが、とうとう亡くなったらしい。

「おいおい。〝先日〟って、なんだよ。ひと声かけてくれてもいいじゃないか」

「家族内の密葬だったんだ。実は……いや」

なにか言いあぐんでから、高畠は切り出した。

「親父《おやじ》の遺品がいろいろあってな。よければ、なにか貰ってやってくれないか。親父の話には、お前も楽しませてもらっただろう」

高畠の父は怪談話が大好きで、学生時代はよく楽しませてくれた。いわくつきの品をいくつか持っているが、さほど資産家ではないので収集家と呼ばれるほど多くはない。日本人形や旧い妖怪画を見せてくれたこともある。夜中になると死んだ子どもが現れて遊んでいくという品もあったが、新しめのアニメのロボット人形だったので、どうにも情緒がない。むしろマニア向けのアンティーク玩具としての方が価値があるのではと思ったものだ。

「そりゃありがたいが、いいのかい」

「構わんよ。ときどき親父のことを思い出してくれれば、親父も喜ぶと思う。できればゴールデンウイーク前がいいな。明後日《あさって》か、明明後日《しあさって》なら昼すぎから空いてる。明後日なら夕方まで時間をとれる」

「分かった。それじゃ明後日の一時過ぎに伺うよ」

楽しみだという言葉は不謹慎だと気づいて、日時を復誦して通話を終えた。

高畠の実家は催事場から一キロと離れていない。ごく普通の二階建て一軒家だ。

約束の一時に訪いを告げ、仏壇に線香を上げてから、居間で親父さんの思い出話に花を咲かせた。

大学を卒業してすぐに結婚したという彼の奥さん――善美《よしみ》さんは、当時美人で大学内でも有名だった。言い寄る男も複数いたが、見てくれのかっこいい男より高畠を選んだのは家業に魅力を感じたのかもしれない。葬祭業は、当時としても成長産業と見込まれていた。一生食いっぱぐれがないのは間違いない。いずれにせよ先見の明があったというべきか。

最近体調を崩したという高畠は、少し痩せたように見えた。母親は数年前に他界しているので、これで両親ともに亡くしたことになる。

昔話を楽しんでから、奥まった部屋に案内された。

十二畳ほどの畳部屋だった。布団は既に畳まれて押し入れの中に収まっている。簞《たん》笥《す》の横に飾り棚やケースが並んでいた。壁には幽霊画が下がっている。以前見たときには十品もなかったように記憶しているが、小物が増えていた。仏像や神具、妖怪もののカプセル玩具のようだが、造形からして大人向けだ。

「掛け物は三幅くらいあるけど、みんな幽霊や妖怪ものだから、絵面としてはぞっとしないいな」

「そんなもの、いったいどこから手に入れるんだ」

「骨董屋を覗いたときに、これはと感じたものを買っていたらしい。他には知人から紹介されたものとかな。実はよく知らん」

ぷいっと高畠は横を向いた。彼にオカルト趣味はない。

薄いんだよなあ」

「飾っておくならフィギュアかな。小さいし手頃だが、それだと親父さんの思い出が

続いて、高畠は押し入れに仕舞ってあった掛け軸や、桐の箱に入った人形を取り出して畳に広げた。


「この地獄絵はどうだ。亡者《もうじゃ》を八つ裂きにしてる絵なんてヒトさんの専門分野だろ」

「勘弁してくれ。ビジュアル系のホラーは、むしろ映像作品を手掛けている人が喜ぶだろうよ」


ひとつひとつ丹念に眺めたが、どうにも食指が動かない。

飾り棚の端に木彫りの像があった。妙に存在感があって惹《ひ》かれる。

「少し見せてもらっていいか」

どうぞ、と高畠が手を差し出す。私は飾り棚から像を取り出した。

「ヒトさんはそういう趣味だったたっけか」

私が手にした像を覗き込みながら高畠が呟いた。

旧いものだ。カビだろうか、黒い染みのようなものがあちこちにある。彫りは粗《あら》く、どんな像なのかは想像するしかない。

法衣をまとった痩せた女性が乳飲み子を抱いて、その頭に口づけをしている――そ

んな造形に思えた。母子像だ。

大きさは二十センチくらい。像を弄《いじ》っているうちに、まるで手のひらに吸い付くような感覚があった。なんの木か分からないが、妙に人肌に馴染む。日干しをしていないのか湿り気を感じる。

力強く我が子を抱く姿が気に入った。その腕や、口づけする頭が躍動している様子が窺える。彫りは素人《しろうと》くさいが見る者に訴えるものがある。

「これがいい。まるで生きているようだ」

「お、決まったか」

高畠は私が手にした木彫りの像を一瞥《いちべつ》した。

「ヒトさんにしちゃ、おとなしめのものを選んだじゃないか」

ホラーがメインの物書きなので、怖いものとかグロいものを選ぶと思われていたらしい。

「ホラーといっても、扱うものはいろいろだからな。私の感覚に合うものを選ばせてもらうよ」

「そんなもんかね」

「そんなもんだ」

高畠は木彫りの像を新聞紙で包み、手提《てさ》げの紙袋を用意してくれた。

「大切にしてくれたら父も喜ぶよ」

「もちろんだ」

丁重に紙袋を受け取り、頭を下げる。

それからしばし歓談した。最近のガチャガチャのフィギュアは作りが馬鹿にできないとか、子ども向けでなく高齢者向けの品が作られるようになったとか、ケースに並ぶ収集品を眺めながら互いの近況について話をする。

「残りは遺品として保管しておくのか」

「薄気味悪いものは、あとで処分する予定だ。やっぱり気味悪いからな」

それは仕方ないな、と私は頷いた。

夕方になり、善美さんが夕食の支度に席を外した。高畠が「つまみになるようなものもなにか」と一言注文をして彼女を見送る。

畳部屋に高畠と二人きりになった。

私は気になっていたことを切り出した。

「そういやさ、今回の連絡をくれたときに、なにか言いかけたろ。〝実は……〟ってな。なにを話そうとしたんだ。教えてくれよ」

「……いや、覚えてないな」

一瞬の間に偽りが読み取れた。

「水くさいぞ。もう四十年来の仲だろ。気に掛かっていることがあるなら話してくれよ」

「信じてもらえんからな。信じてもらっても、いまさらどうしようもないことでもあるし」

興味が湧いた。高畠は冗談を言う男ではない。

「おい。もしかして私が書いているジャンルに関わることか」

「そうだ」

「まあ座れ、座れ」

立ち上がりかけた高畠を強く促して、詰め寄った。

「誰にも言わないからさ。親友が気に病んでいるというのに相談相手にもならなかったでは、今後お前と食うメシが不味《まず》くなるだろ」

高畠は渋面《じゅうめん》をつくった。その表情が翳《かげ》るのを見て、ますます興味が湧く。

「むう……」

なおも渋る高畠に、私は立ち上がった。

「ちょっと待ってろ。酒があるよな。とってくる」

勝手知ったる家だ。私は台所の冷蔵庫から買い置きの缶ビールを二本取り出し、急いで戻った。

「学生時代を思い出すよな。人付き合いがうまくないお前の相談に、よく乗ったもんだ。善美さんとの仲介もしてやったよな。あのとき彼女がお前のことをどう思ってるのか、訊いてやったことを忘れたか」

高畠は膝を崩し、観念したように缶ビールのプルタブを引いた。一気に呷り、半分ほどを飲んで大きなげっぷを吐く。

「足りなけりゃ、これも」私は自分の缶ビールを差し出した。

「いいよ。俺はそんなに酒は強くない」

高畠の目が据わる。

「誰にも言うなよ。まあ誰かに話したとしても、危ない奴だと思われるだけだがな」

「分かってるよ」

私も膝を崩して、高畠と対座した。

「親父が亡くなってから、すぐのことだ。実はな……」

彼は話し出した。

葬儀のための死亡診断書を医者に書いてもらってから、家族として親父さんと一晩最後の夜を過ごした。蠟燭《ろうそく》の灯《ひ》が消えないよう、高畠が床の脇につく。

善美は別室で葬儀を報せる親戚や知人のリストを作っている。

まだ三月だったので夜は冷える。ストーブを用意して火を自分に向けつつ、大鍋を載せて熱燗《あつかん》をつくる。周囲の収集品を眺めながら、幼い頃に家族でよく食べたたくあんをつまみに、布団の父に向けて独り言のように思い出を零す。親子の最後の会話だ。

夜中の二時を回った頃だろうか。暖をとるために口にしていた酒が回ってきたのか、無性に眠くなってきた。意識が朦朧として、身体が船をこぎ出す。

冷たい風を感じた。

目を開けて周囲を見回す。外から風が入るところは見当たらない。部屋は閉め切られている。

気のせいかと独り言ちて、布団の父を見下ろす。

顔に掛けてあった面布が枕元に落ちている。元の位置にあるべき父の頭は――無かった。

首から上の頭が消えている。死後の時間が経過しているため首から流れ落ちる血は少ない。

首の傷跡を確かめると、切られたというより、もぎ取られた印象があった。

慌てて周囲を確かめる。

人の姿はない。それどころか、人が出入りした気配はなかった。密室状態で、父の頭だけが消えたのだ。

善美を呼んで事の次第を説明すると、彼女は声を失った。

二人で部屋の中に立ち尽くした。

「俺の代わりに息子は仕事で催事場に泊りだったよな。その嫁と孫たちは息子の家か」

スマホを取り出して、メニューから電話帳を捲る。

「警察が先でしょ」善美が眉をひそめる。

首のない布団の父を見遣って、液晶の上を滑る指が止まった。

「……やめておこう」

「どうしたの」

高畠は唇を震わせる善美に向き直った。

「これは俺たちで内密に処理するんだ」

「信じてもらえないだろ。なにしろ常時傍にいたのは俺だ。そんな馬鹿な話があるかと詰め寄られるだけだ」

高畠の表情の重さが作り話ではないと語っている。

「おい。だからといって、いくらなんでも警察には報せるべきだろう。遺体の首が無くなったとなれば大ごとだ」

「もちろん善美と二人で父の首を探したさ。朝方まで、二人がかりでな。しかし見つからなかった」

高畠は肩を落とした。

「それとこれとは話が違うだろ。これは事件だ。死体損壊《そんかい》罪だぞ」

「お前はなにも知らんからそう言うんだ」

彼は私を睨みつけた。

「この業界――葬祭業でご遺体の損壊がどれだけ罪深いか知っているのか。警察から嫌疑がかかっただけで致命的だ。事件が明るみになったら身の破滅だ。だから隠し通すしかなかったんだ。ミステリー小説なら殺しの動機になったとしてもおかしくない」

　知らなかった。あとでメモしておこう。

「身内でも、この話は善美と息子たちしか知らない。棺桶の覗き窓は釘《くぎ》を打ち付けて開かないようにした。一晩のお見送りの際に暖房を効かせすぎて、故人の顔がひどく傷んだと参列者には説明しておいた。焼き場の作業だけは避けて通れないので、仕方なく息子たち夫婦にも協力してもらった。他は誰も知らない」

　いったいどれほど悩んだのか。体調を崩したのも無理はない。

　私は居住まいを正し、高畠の前で深くこうべを垂れた。

「辛い思いをさせた。すまん」

「誰にも言うなよ」

　私は顔を上げて語気を強めた。

「もちろんだ」

　話したとしても、高畠が釘を刺したように、誰も信じないし、危ない奴だと思われることは明白だった。

　夕食の席の会話がぎこちなくなってしまったのは仕方ないことかもしれない。それでも私は高畠の心情を思い、つとめて懐かしい学生時代の思い出話や明るい話題を選んだ。

高畠の家を辞したのは夜八時過ぎ。九時前には自宅へ戻ったが、住宅街なので辺りは静まりかえっていた。

ガレージになっている一階に車を入れて、脇の階段から二階へと上がる。

とりあえず玄関の下駄箱の上に置いておこうかと思い、紙袋から母子像を取り出した。

二階の玄関口前のベランダはやや広いガーデニングスペースになっていて、並んだ鉢の向こうに畳一畳くらいの大きな水槽がある。ガーデニング用にと買った硬質プラスチック製のものだが、去年の暮れから水を入れ替えていないので汚れている。掃除をさぼっているわけではない。カメが冬眠しているので、あえてそのままにしているだけである。

水槽の端には板が載っている。冬眠から目覚めたら、カメはそこへ上がってきてひなたぼっこをする。

しかしもう四月だというのに、今年はまだ出てこない。

ふと冬の積雪を思い出す。どか雪だったので水槽の表面が凍ってしまった。冬眠している位置が浅いと甲羅が凍ってしまい、カメは死ぬ。一昨日《おととい》も冷え込んで大雪だったので心配だ。

まさかな――。

不安になって母子像を手に握ったまま暗い水を覗き込んだが、なにも見えない。手の中で母子像がもぞりと身を捩《よじ》った感覚があった。思わずジェイコブズの『猿の手』が脳裏を過ぎる。

「ひっ」

取り落としそうになって、慌てて母子像を持ち直す。心なしか湿り気が強くなった。数日日干しをせねばなるまい。

母子像を水槽の板に置いて、明日になったらカメの冬眠を様子見しなければと思いつつ、家に入った。

玄関を閉める際に、冷たい風を感じた。夜はまだ冷えるようだ。


翌朝。

陽気のせいかよく眠れた。二度寝の誘惑に抗《あらが》って布団から出る。

さすがにカメは冬眠から目覚める頃合いだ。水槽の水は汚れていて中が見えないので、ホースの先を入れて水を取り替えることにした。

板に載せておいた母子像は、朝露を帯びたのか湿っている。赤黒い汚れが気になるので、ホースの水をかけてタワシで洗う。それでもなかなか汚れは落ちない。

諦めて、水槽から外した板の上に置いた。

日干しにして紙やすりをかけるべきかもしれない。ニスを塗れば多少は見てくれが良くなるだろう。

水槽の水が澄んできた。

覗き込んだら、載せておいた板の下にあたるところにカメがいた。今年は少し寝坊したようだ。

手を入れて水から取り出すと、甲羅の横から四肢がぶらりと垂れた。

猛烈に嫌な予感。生気が感じられない。

甲羅を縦にして顔を覗き込もうとしたが、細長い尻尾が垂れていた。反対に回して頭を確かめようとした——が、こちらも尻尾だった。やけに太い。三センチくらいの幅がある皮膚が下がっている。艶のある鱗《うろこ》が光沢を放っている。

首の皮だった。

その先にあるべき頭と、首の骨と肉がすっぽり抜けている。

私は深呼吸を一つして、カメの亡骸《なきがら》を置いた。

カラスだ。二階のベランダに犬や猫が上ってきたことはない。最近この辺りの電柱に大きなカラスを見かけるから、たぶんそいつだ。

慌てて周囲の床を見回す。鉢をどけながら頭や血痕がないかと確かめる。しかしそんな形跡は見当たらない。カメの頭はどこにもなかった。

カラスの奴、骨や首の肉ごと頭を引っこ抜きやがった。水面に頭を出したところを、食べものだと思い、大きな嘴《くちばし》でくわえて持っていってしまったのだ。

野郎、今度見かけたらどうしてくれよう――。

頭を落ち着かせるために、水槽を洗った。そのあとカメの亡骸に塩を塗《まぶ》し、新聞紙で包《くる》んだ。最期の写真を撮っておくべきかと職業病のような考えが一瞬頭を掠《かす》めたが、あまりに哀れな姿だったのでやめた。思い出に残すのは元気な姿だけでいい。

紙袋に入れて、両の手のひらを合わせる。

――せめて水辺に埋めてやろう。

自転車で近くの大きめの川――荒川《あら》まで行き、土手沿いにある野球グラウンドの脇、葦《あし》が繁茂している辺りに埋めた。やがて土に還るだろう。

惚けた頭で自宅へと戻った。

朝から一気に凹んでしまった。もう今日はなにもする気が起きない。

夕方になり、日干しにしておいた母子像を確かめた。ずしりと手に重さを感じる。

心なしか生気を感じる。黒い染みの部分も含めて、なぜか瑞々《みずみず》しさがある。

しかし水気が残っていると磨くこともできない。私は母子像をそのまま外に出しておくことにした。

母子像の出所が気になったので、その夜、私は早速高畠へ連絡してみた。

「悪いが、父が持ちこんだものだからな。よくは知らんのだ。骨董屋から買ったのか、誰かから貰ったのか、拾ってきたのか、まったく見当もつかん」

「そうか、残念だ」

「どうしてそんなことを気にするんだ」

「いや、少し感じるものがあってな。作り手の強い思いが籠められた品なのかと思っただけだよ。もしかしたら、母子像だから彫った人は宗教家かもしれないな」

「〝母子像〟？」

高畠の訝しむ声が耳に響く。

「どうした」

「父らしくないなと思っただけだ。気になるなら、調べてみたらどうだ。ヒトさんの専門分野だろ」

「宗教関係は専門ってわけじゃないが、心当たりがあるので当たってみることにするよ」

じゃあまたいずれ、と言って互いに通話を切った。

ゴールデンウイークを利用して、私は知人の内海《うちうみ》に会って母子像を鑑定して貰うことにした。

内海は宗教色があるアンティークも扱う骨董商だ。もちろん仕事として規定の鑑定料は支払う。彼の話をネタにしたこともあったし、そこそこ付き合いも長いので気安い。

母子像を手にして、逆さにしたり彫りの深さを確かめたりしてから、彼は言った。

「これは母子像じゃないぞ。妖怪の像だ」

私は固まった。

「……いまなんて言った」

「間違いない。彫りの奥に擦り込まれている黒い染みはたぶん血だ。人間のものとは限らないがね」

彼は母子像の黒い汚れを指した。たしかに血の痕に見える。

「『首かじり』って知らないか。墓場を荒らして、その死体を食う妖怪だ。頭をもぎとって食う姿が有名だな。この像は、死体からとった頭に夢中でかじりついている姿を模したものだよ」

「なんてこった」

「お前はグロいものが苦手だと言っていたな。気味悪けりゃ処分したらどうだ。……どうした」

声を失った私を不審に思ったようだ。顔色が悪くなっていたかもしれない。

「いや、なんでもない。ちょっと頭が疲れただけだ」

「そうか。無理するなよ」

内海は私を気遣ってくれたが、私はしばし動けなかった。

遺体とはいえ、愛するものの身体の一部が失われてはたまらない。私は木彫りの像を焼却炉で燃やすことにした。

町内会のゴミ焼きの日、私はこっそりと木彫りの像を炉《ろ》にくべた。

元気だった頃のカメの姿が脳裏に浮かぶ。指折り数えて十九年の付き合いだった。さすがに長い。情も湧くし、それなりに思い出もある。

ゲームセンターのクレーンゲームでとってきた、小瓶に入った小さなカメと、まさかこれほどの付き合いになるとは思わなかった。

生後一年目、冬眠を覚えられるかどうかが最初のハードルだと知った。部屋の中で飼うなら冬眠しないが大きくならない。私はあえて外に水槽を置いて飼うことにした。

冬眠中に覗いたり起こしたりするのは御法度《ごはっと》だ。その冬、濁った水の中を覗きたい欲求をどれほど我慢したことか。

春を迎え、水面に出てきたカメを見たときには思わず破顔した。

そして驚いた。親指と人差し指でつくった丸ほどの大きさだった甲羅は倍になっていた。冬眠明けで腹を空かせたカメは、餌を欲しがって小さな目を潤ませていた。

カメの歩みが遅いなんて誰が言った。荒川の土手に放してやると、走らなければ追いつけないくらいに全力で逃げる。捕まえるのに苦労したことをよく覚えている。

咬まれたら、「後ろ足を上下から圧迫するとカメは口を開く」と取材先の八丈島《はちじょうじま》の人から教わった。試してみたら、たしかにカメは口を開いた。両の足を同時に指で上下から押さえると、カメは大口を開けて、「くあッ」と鳴く。カメの鳴き声を聞いたのはこのときが初めてだった。後ろ足から指を放してやると口を閉じる。なにをされたのか分からないカメは目をぱちくりしていた。

冬眠明けには「ぎゅおおお」と妙な声を出す。単に喉を鳴らしているだけかもしれないが、これも鳴き声の一種だろう。

馴れてくると、エサが欲しいときは寄ってくる。ベランダで外を眺めていたときに、水槽から出てきて踵《かかと》を甘噛みしてきたこともある。新鮮な驚きだった。は虫類でも懐いて甘噛みしてくるのだと教えてくれたのは、死んだカメだった。

たとえ亡骸だろうと、手を出した奴は許せない。

――そんな思いに浸りながら焼却炉を眺める。

焼却炉から音が漏れている。

なにかが暴れているような、ごんごんと叩く音が中から聞こえてきて、炉が震えた。続いて爆《は》ぜる音と断末魔のような悲鳴――。

たぶん気のせいだ。

著者撮影

# 酷似した応募作

——エヌ氏の体験談——

指定された都内のファミレスに入ると、ウェイトレスがすかさず「お一人ですか」と声を掛けてきた。「待ち合わせです」と彼女に伝えて店内の奥へと向かう。

奥のテーブルにエヌ氏の背中が見えた。

腕時計は十四時。約束の時間通りだ。

「やっとコロナ禍も一段落ってところですかね」

私がテーブルに就くと、エヌ氏は脇のメニューに手を伸ばした。

「このまま行けばいいですけどね。電話やリモートで済ませられればありがたい」

「それだと作品の細かいすり合わせが難しいですよ。音声や画像だけでは届かない部分もありますから。特に創作作品の意識合わせはね」

恨めしげにテーブルの中央に設えられたアクリル板を指で弾く。

新型コロナの影響で、多くの業種業態が影響を受けた。出版社も例外ではない。

東京では令和二年四月に初の緊急事態宣言が発令された。ロックダウンにまで至ると物流が全面停止してしまうので、取次や版元は仕事にならない。大きな印刷所が東京にあるため、出版社も東京に集中しているのだが、本や雑誌が流れないとなると死活問題だ。

すべての出版社は大規模なデジタルコンテンツへの移行を検討し、体制変更を余儀なくされた。いつでも紙媒体から電子書籍へ変えられるよう、その準備である。

『週刊少年マガジン』の『デビルマン』や『愛と誠』、『週刊少年ジャンプ』の『ど根性ガエル』『トイレット博士』、『週刊少年サンデー』の『ザ・ムーン』『おれは直角』から漫画雑誌を愛読していたので、個人的には好きな作品を手垢《てあか》がつくまで頁を捲れる紙媒体の方が馴染《なじ》む。

けれど時代の流れには逆らえない。この世を去る頃にはすべての創作作品がデジタルになっているかもしれない――。

ふとそんな世界が脳裏を過ぎり、一抹《いちまつ》の寂しさを覚えた。

「新人賞の授賞式が自粛されると、参列した出版社さんと名刺交換できない新人さんが可哀相です」

「いまの新人賞は、どこも授賞式は小人数ですからね。出席者はほぼ関係者のみですから、こぢんまりしてますよ」

エヌ氏が申し訳なさそうに眉根を寄せる。

「もともと書斎に閉じ籠もりっぱなしの私としては、新聞や協会の会報記事で内容を知るくらいですから。実に寂しいもんです」

「まあ文芸賞のパーティーが再開されるのは、地球規模で語ると地域差が激しいのだが、こ数度の非常事態宣言が繰り返された。地球規模で語ると地域差が激しいのだが、ここ日本では地域イベントが数年ぶりに復活しはじめたというニュースが続き、平穏な空気を取り戻しつつあったが、再び感染者が増え、予断を許さない状況である。

とりあえず二人でブレンドコーヒーを注文した。

エヌ氏は私——進木独行の担当編集者である。かの星新一《ほししんいち》御大の作品に登場する『エヌ氏』ではないが、御大と担当してくださる編集者、二人への敬意を込めて『エヌ氏』と呼んでいる。

エヌ氏は総合出版社であるケイ社の編集者だ。編集者にもいろいろあるらしく、青年コミックとか娯楽情報誌などの専門分野を深く掘り下げて出版社を渡り歩く人もいれば、同じ社内で多岐に亘るジャンルを回っていく人もいる。エヌ氏は後者だ。

私としても、以前はコミックジャンルを志していたので、そちらに経験があるエヌ氏とは話題が合うため心強い。

受賞パーティーの席で名刺交換をしてから、メールのやりとりを経て担当してくださっている。当初は、私のデビュー作で扱ったものと同じモチーフを使っている作品シリーズを続けている作家さんを担当していたため、ライバルとして警戒していたという。

その後誤解が解けて、いまはお付き合いが続いている。

ただ一つ、まだ一度も仕事が成就《じょうじゅ》していないことが気掛かりだった。

私は、『デビューしてから、最低五作品は異なる世界や読み味を並べて、書き手としての幅の広さや引き出しを視ていただく』という縛りを設けていた。これまで五作が上梓されたので、いよいよ私の作品の味を考慮した連作を模索している。

エヌ氏もまた、私の『物書きとしての長所を最大限引き出す作品とはなにか』を、一緒に探ってくださっているところである。

互いの意識をすり合わせていくには対面での打ち合せが一番なのだが、このコロナ禍でそれもままならず、メールのやりとりや電話での会話で繋いでいた次第である。

当初は日本におけるＩＲ（統合型リゾート）構想を軸にして、近未来都市におけるカジノ導入に焦点を当てて依存症問題を掘り下げようとしていた。しかし、そのネタの大枠を先に他社で使ってしまい、またコロナ禍でＩＲ構想どころではなくなったため、作品企画が白紙になった。

現在では、私が企画書を提出し、作品の方向性を修正していくやり方をしている。売れっ子作家でない限り、営業は欠かせない。かつて名刺交換した編集者やパーティーの席で知り合った編集者に売り込みをする。

了解を得てから、企画書と、冒頭の三十枚から五十枚くらいを添えてメールで送る。

「営業はやめてください。用があればこちらから連絡します」

はっきり言われたこともある。しかしそれでめげていたら物書きの世界から消えることになる。

会社員時代の営業経験が活かされるのだ。どこの世界でも精神的にタフでないと生きていけない。

文芸ジャンルでは、年間百五十人以上の新人がデビューしている。しかしその九割近くが五年以内に消える。音楽ジャンルでは九十九パーセント以上の新人が消えると言われるが、チームバンドのメンバーは始終入れ替わって再デビューすることが多いので、個人単位にすると同じくらいなのかもしれない。

いずれにせよ、どの分野でも生き残れる確率はさほど高くない。

しばし雑談をして近況を語り合う。

「昨今は作家になりたいという人も増えましたよね。応募数も増えたんじゃないですか」

「ぼちぼちですよ。それより応募された作品も様々ですね。奇をてらっているものも多い」

「たとえば、どんな？」

「写真集とか、漫画原稿とか、自費出版した本とかね。手が不自由だという方が音声ファイルを送ってきたものもありましたよ。気持ちは分かりますが、応募規定から外れたものは当然選考対象外です」

「……混沌《カオス》だ」

応募者は自由だなあと思う。

「そういえば、今回は妙なことがありましたよ。いや実に不思議な話でね。長いこと新人賞に携わってきましたが、こんなことは初めてでしたね」

不思議な話と聞いて、私のテンションが上がった。専門職が語る『妙なこと』『不思議な話』というのは興味が湧く。

「聞きたい？」

「もちろんです」私は目を輝かせた。

「仕方ない。物書きの性分だから仕方ないか。では簡潔に話しましょう」

エヌ氏は徐《おもむ》ろに話しはじめた。

◇

その応募作を一読して、思わずエヌ氏の手が震えた。

「なんてこった……」

たったいま読み終えた応募作を机に置き、太い息を吐く。

久々に手応えがある内容だった。新人賞の応募作としては申し分ない。

初見にして、個人的には高評価だ。できれば担当したいくらいだ。いくつか引っ掛かる箇所があるが修正すれば済むこと。この出来なら二次予選通過も見込めるだろう。

エヌ氏は机の上に積まれた二つの封筒に目を遣った。どちらも新人賞の応募作である。今日一日で目を通そうと、自席に持ち込んだものだった。

エヌ氏は新聞に毎回結果が掲載されるような、名だたる新人賞に携わっている。誰でも知っている文芸賞である。

高名な賞だけあって応募数も多い。毎度五百を下らない作品が届くので、専用の部屋が社内に設けられる。締め切り近くなると、その部屋に山のような応募作が積まれていく。届いた応募作は、順次『下読み』へと振り分けられていく。

事実上の一次予選である。応募数が多いため、『下読み』を担当する人の数もそれなりに多い。

主に書評家と呼ばれる人たちだが、バイトとしてかつて中堅として活躍した作家に声を掛けることもあるし、むろん編集者も直接携わる。通常業務をこなしつつ選考作業を進めていかねばならないので、新人賞に携わる部署だと、この期間はてんてこまいになる。

選考スケジュールは非常にタイトで、各フェーズに作業期間が設定されているため神経がひりつく。雑誌を受け持っていた頃、職場に貼られていた標語を思い出す。

『締め切りを　守って笑顔の　君とぼく』

一次予選では、最低限でも小説のかたちをとっているかどうかが主な審査となる。

昨今は『作家になりたい』と希望を持つ人が増えている。だが、まだ応募作を小説作品として仕上げるに至っていない応募者が多い。夢を持つのはいいが、ある程度の技術を磨くことが必要になる。

特に長編は書くだけでも期間が要る。とうぜん数ヵ月はかかるので、モチベーションや世界観のブレが出てしまいがちだ。

各作品には、応募者の夢や希望が込められている。軽い気持ちで読むことはできない。だのに最初の二枚で心が折れてしまいがちなのは、つまりそういうことだ。

あらためてエヌ氏は応募作に添付された応募用紙に目を通した。

手応えがある応募作には、それなりに裏打ちされたものがある。

数年間応募し続けて技術を磨いた常連か。どこかの小説学校で腕を磨いた人か。またはは既に他賞でデビュー済みの作家がメジャーどころでの再出発を図って応募してきたか。

事実、そんな事例は枚挙に暇《いとま》がない。純文学など、他ジャンルからの転身を図る作家もいるし、実際に受賞した事例もある。

名前と住所を確認したが、見覚えはなかった。

真っ新《さら》の新人さんか。しかし文体からして手慣れている印象を受ける。

コロナ禍以降、新たな作品が出版社から上梓されなくなった作家が筆名を変えて応募してくることもある。文壇はそれほど広い世界ではないので、そんな作家の名前は自然と耳に入ってくる。

腹が鳴った。

顔を上げて部屋の時計を確認したら正午の五分前。時分時《じぶんどき》だ。

周囲では、何人かが同じように応募作に読み耽っている。机の上には応募された分厚い封筒が積まれているので、すぐにそれと分かる。タブレットを手にしている者は、WEB応募されたものに取り組んでいるところだ。

編集者なので、ある程度はフリータイムなので時間を自由にできるのだが、正午を過ぎると食堂は混雑する。どう足掻《あが》いても人間は生きものの範疇を超えないのだと自嘲しつつ、席を立つ。

もちろん目の前の応募作に付箋《ふせん》をつけることは忘れなかった。『◎』と記入して封筒に戻した。

エレベーターで食堂へと向かう。

あまり腹が膨れると頭が回りづらくなるので、昼食はいくぶん軽めのものにしている。配膳口に並ぶ前に席をとっておくかと見回したら、奥の席に同僚の須藤《すどう》がいた。コーヒーカップを前にしてタブレットを弄っている。

須藤もまた、新人賞応募作に手を付けているのだろう。すべて下読みさんへ振り分けることができたら手間が要らないのだが、応募数が多い年は編集部としても総掛かりにならざるをえない。

「頑張ってるな。前、いいか」

声を掛けてテーブルにハンカチを置く。

「どうぞ」須藤は顔も上げずに答えた。

エヌ氏は配膳口へ向かい、列が少ないスパゲッティを選んだ。料理の盛られた皿を盆に載せて、須藤の前に座る。

須藤は熱心にタブレットに指を奔らせている。その目は真剣だ。

「これはという作品に当たったかい」

「最初の下読みからだと、なかなかそんな作品にお目にかかれないんだがな。今回は当たったみたいだ」

「そうか、私もそんな作品に巡り会ったところだよ。どんな作品か訊いていいか」

手元のスパゲッティをフォークに巻いて口に運んでいく。

「関西を舞台にした都市計画ものだ。関西空港やメガフロート構想を軸にして、セキュリティシステムを構築していくんだ。なかなか興味深い」

「……なに」

頬張ったスパゲッティを飲み込み、口を開く。

「もしかしてマイナンバーを絡めた個人情報管理を問うもので、地方都市の利権が絡んだものか。海外のエージェントの暗躍もある」

タブレットの上を奔っていた須藤の指が止まった。

「なぜ分かる」

「さっきまで俺が読んでいたものと同じだからだ」

須藤は表情を曇らせた。手元のタブレットを操作して、別の画面を表示してからエヌ氏に向けた。

「添付されてた梗概だ」

食事の手を止めて、ざっと目を通す。

思わず眉間に皺が寄る。タイトルや登場人物名は違うものの、あらすじは判を押したように同じものだった。

「あとで俺の席へ来てくれ。須藤の意見を聞きたい」

「……分かった」

須藤はタブレットを受け取ると、席を立った。エヌ氏もまた、目の前のスパゲッティを平らげて職場へと戻る。

食後のコーヒーは諦めざるを得ないようだ。

須藤はすぐにやってきた。

二人で互いに応募作を持ち寄り、隅の打ち合わせ卓へと移動する。あらためて二つの応募作に目を通してから、二人とも肩を落とした。

「まいったな。長編では初めてだよ」

須藤の呟きに、エヌ氏も同意した。

短編、特に純文学の新人賞ではよくある。そもそも応募数が千を超えるし、テーマも似通う。『旅先で自分を見つめ直した』応募作はよくある話で、実際に毎回数編が被《かぶ》る。場所も決まってインドだ。登場人物名が違うくらいで、展開やエピソードまで同じ作品だ。

『オリジナリティーが乏しい作品』が敬遠されるのは、どのジャンルでも同じである。

ところが、今回は長編のエンターテインメント新人賞だ。同じジャンルの新人賞でも、『この娯楽作品がすげえ大賞』『新世界新人賞』『小説未来世界大賞』『めっちゃ面白い大賞』など門戸は多い。『アインシュタイン賞』のように海外の有名どころの名前を冠している賞もある。

描かれる世界や話は無限なのだ。登場人物や場面など、部分的に似たものや既読の印象を受けるものはあっても、全体が同じという作品は滅多にない。

「どう思う」須藤は腕組みをした。

「本人に直接訊こう」

エヌ氏はスマホを取り出し、スピーカーにして音量を最大にしてからテーブルに置いた。

「言葉は選べよ」

「分かってる」

応募者の連絡先を確かめて、通話ボタンを押した。

迷惑電話を警戒したのだろう、相手が出るまで多少時間がかかった。

「突然の電話で失礼します。私、ケイ社の……」

名乗ってから、本人確認をしたのち、基本的な質問をする。

「応募作の確認です。この作品を、他の賞に応募していますか」

二重投稿の確認だ。「とんでもありません」と即座に返事が来た。

「この作品を執筆するにあたり、なにか参考にしたものはありますか」

参考文献として、いくつか書籍名が上がった。

「ヒントにした作品などありましたら教えてください」

一瞬の間。

「……いやあ、ありませんね。もしかして予選を通過したんですか」

質問を無視して、周辺事情を探る。

「文体が手慣れてますねえ。初めて応募されたようですが、よく書けていますよ。もしかして小説学校とか行かれてます？」

「そう言われると嬉しいなあ。独学なんですよ、本当に」

「文芸サークルとか、文芸フリマのご経験があるのでは」

飲み会で自作の構想を話すことはよくある。文芸のフリーマーケットでは全国から小説を趣味にした者たちが自作を持ち寄って交流する。自作のファイルを送って感想を述べ合うことはよくある話だ。

「一人《ピン》でやってます。そんな仲間がいたら張りが出るかもしれないけど、反面、余計なノイズを受けることになるから、筆が鈍ったりブレたりするんですよ。それが嫌で、サークル活動はしない主義なんです」

その言葉を信じれば、他人との接点はない。口から直接、作品の情報が漏れることはない。

「ネットに掲載して、自作の感想を求める人も多いですが」

「まだまだ技術が足りないと思ってますし、ネットだと悪口が五割増しですからね。できたら本職の方々に読んでいただきたいと思います」

なかなか殊勝だ。

「選考結果については、順次誌面に掲載していきますので、そちらでご確認ください。お忙しいところ、ありがとうございました」

エヌ氏は通話を切って、しばし考え込んだ。

その間に須藤が、担当した作品の応募者へ連絡して同じことを訊いた。

須藤の相手は「応募は二回目」とのことだったが、違いはそれだけで、一人で執筆しているという事情は同じだった。特に参考にした作品もないと明言した。

エヌ氏と須藤は口を結んだ。

なぜこんなことが起きたのか分からない。偶然だとしたら滅多にない。神様の悪戯《いたずら》だとしたら、とんでもない迷惑だ。

片や東日本、片や西日本。地理的に接点がなくとも、ファイルのやりとりなら距離は関係ない。

須藤が口を開いた。

「偶然でなければ、どちらがオリジナルだろな。オリジナルは被害者だろ」

「普通なら、技術的に上位の者の作品を下位の者が模倣《もほう》したと考えるべきだろう。しかし逆パターンもある。作品アイデアを、技術的に上位の者が『自分ならこうする』と思いあまって筆を執ったってことも考えられる」

「だがな、大した違いはないぞ。技術的な上位も下位もない」

エヌ氏は唸った。「そうだな。どう考えても袋小路に入りそうだ。どちらでも理由はつく」

やがて須藤は呟いた。

「いま考えても答えは出ないようだ。あとで編集長に報せよう」

「ああ、そうしよう」

同意して、その場を離れた。

その日の夕方、出張先から戻ってきた編集長にエヌ氏は須藤と二人で報告を入れた。

「……分かった。厳密に言えば賞の運営は別団体だ。ケイ社は協賛の立場なので放っておいてもいいが、関わってしまった以上知らんぷりもできないか。情報は入れておくが、少し様子をみよう」

困惑顔も作らずに編集長は答えた。

「いつまでですか。あまり長く放っておくのも、いかがかと思いますが」須藤が質す。

「一次予選の通過作品リストが上がってくるまでだ。その二作品とも一次通過するんだろ？　全員が問題を認識するだろう。それに、だ」

脱いだ上着を、自席の後ろにあるハンガーに掛けながら編集長が答える。

「似すぎているという作品が、その二作だけとは限るまい」

二人は納得した。

数日後、一次通過の作品リストがまとめられて関係者に流された。

これから関係者全員で二次予選のための読み込みを始めることになるが、すべての作品の梗概をチェックしたエヌ氏と須藤は、どちらから声を掛けるまでもなく、編集長席へ集まった。

「リストから、とりあえず梗概を確認しました。以前お話しした、私の『シャドウダンス』、須藤の『あなたの名前は呼ばれない』、そして今回は『サイレント・トラップ』。書評家の御厨《みくりや》さんから同じ内容の作品が一次通過として上がってきました」

一次通過作品リストを差し出し、エヌ氏は赤字で『レ』点を記した箇所を指していった。

「これで三作です」須藤が半歩前に出る。「もう偶然とは思えません」

「そうだな。私もそう思う」編集長は頷いた。

「誰かの企てだな。陰に仕掛け人がいる。オリジナルの作品を用意した人間は別にいる。この作品の応募者は全員落としても差し支えないと運営団体に進言しておこう。なにしろ選考主体はあちらだからな」

◇

「——ということがありましたよ。ここだけの話ですがね」

エヌ氏は口の前に人差し指を立てた。

「で、結局どうなったんです」

私は目を輝かせた。

続きが気になって胸が躍る。わくわくする。

「極端に似ている応募作が三つも出てくるようではオリジナリティーに欠けていると

言わざるを得ません。三作とも落とされましたよ。誰がオリジナルの作品を書いた人かなんて、この際どうでもいいことです」

ぶん投げたー！

「突っ込んで調べなかったのですか」

思わず私は身を乗り出した。

「そんな時間もないし、手間もかけられませんよ。『他人と同じ作品は書かない』。作家として求められる条件の一つです」

なるほどそういうことか。

過程を吹っ飛ばして結論を出現させるという、少年漫画に出てくるようなチートな能力をエヌ氏は持っている。いや編集者の多くが持っている。

企画書を一読して「駄目」「イケる」という直感的な判断は、長年経験を積んできた編集者特有のものだろう。だが、それが外れることも多い。

作家と編集者が組んで「これだ！」と確信した作品、しかも会議を通して「イケる」とOKが出た作品だけが刊行されるのだが、いざ市場に出てみると芳しくない結果になることは多い。だから毎年数多くの作家が消えていく。

「犯人捜しは。動機は。これからがいいところじゃないですか。ああ続きが気になる、気になるっ」

「私らにとっては、選考を進める方が大事なんです。奇妙な出来事にかかずらってはいられません。落選した作品の引っ掛かりを解くよりも、文壇に新たな才能を迎える方がよほど大切なことです」

そう言われたら返す言葉もない。

「……思い出した。一つだけ、追加します」

「なんですか」

ふてくされた私は、追加のオーダーをするために店員を呼んだ。私はクリームソーダ、エヌ氏はアイスコーヒーを注文した。

「賞の運営主体では、検証したうえで落選理由を一つ追加して伝えてきました」

「エヌ氏さんらが気づけなかったことですか」

「そうなんです。さすが専門家の集団だと思いましたよ」

「どんな理由ですか」

「作品内の瑕疵《かし》です。三作とも、頭に引っ掛かった箇所が同じだったんです。具体的に挙げると、会話の切り返しが不自然な箇所が一つ、トリックを成立させるアクシデントが無理すぎること、そして事件の目撃者である人物AとBの心情です」

「〝引っ掛かった箇所〟……そうか」

「はい」エヌ氏は小さく頷いた。

「作品の佳《い》い点が同じということは、ままあります。でもね、瑕がすべて同じなんてことはありえない。同じ作品を書いていても、すべての瑕に気づかずとも、それぞれ気づいた箇所は修正するでしょう。これはつまり、三人とも同じ作品を、なにも考えずに模倣したということです」

「まさしく」私は納得した。

さすが運営主体の中心メンバーである書評家や作家さんだ。ベテランの編集者が気づけなかったことを事も無げに指摘してきたのだ。

「……さすがエンターテインメントの専門家集団だ」

私は身を竦ませた。

「ご謙遜ですね。進木さんだって会のメンバーでしょうに」

「下位のメンバーです。文壇の崖っぷちから滑落して、縁《へり》に歯を立てて齧《かじ》り付いてる状態ですよ」

「大丈夫。私は、進木さんが中堅くらいの実力はあると知っていますから」

エヌ氏は微笑んだ。

「それと最後に、もう一つだけ。私は作品の内容が同じだからといって、それが即ちパクリだとは思っていません。それぞれが細部に至るまで同じような作品を思いつくことだってあると思っています。それがたとえ長編であっても、ね」

エヌ氏は軽く流したが、今回の件は非常に危険な要素を内包している。

現代では、自分の創作作品をネットに貼り出してアピールする人もいる。誰でもコピペで既存の疑似作品を作ることが出来る時代だ。気に入った部分を繋ぎ合わせて、新たな『自分の作品』を作り、新人賞に応募する人がいないとも限らない。

昭和の時代に広まった二次創作文化は、デジタル化を礎《いしずえ》にしたネット時代となったいまでは、容易に模倣された新作を生み出す危険性を孕《はら》んでいる。

誰でも偽札を作れるということだ。今後そんな人たちが出てこないとも限らない。

私はエヌ氏の話を伺いながら、背筋に薄ら寒いものを感じていた。

「先般、新しい企画書をいただいたわけですが……」

エヌ氏は切り出した。

一気に私のテンションが上がり、緊張が奔る。

「おっとその前に……」

脇に置かれていたバッグから、エヌ氏は一冊の単行本を取り出した。

「この作品、読まれましたか。先週刊行された作品ですが、実は私が担当したんです」

「すみませんが、執筆中は読書を控えます。よく出来た作品ほど影響を受けてしまうもので」

「なるほど、多くの作家さんはそう言いますね。よろしければ差し上げます。参考にしていただければありがたい」

私は差し出された本を手に取った。ソフトカバーの単行本である。

「すみません、ちょっとお手洗いへ」

「どうぞ」

頁を捲りながら、席を立つエヌ氏に声を掛ける。

出版不況と言われて久しい。特にコロナ禍以降は、新作を出すハードルも高くなっている。単行本が出せるだけでも恵まれていると言わざるをえない。

中堅の作家さんだった。名前もよく書店で目にする。いま私が目標とすべき位置である。

ぱらぱらと頁を捲りながら内容を漠《ばく》と把握する。

全身が総毛立った。

慌てて目次を確認し、再び頁を追う。

見慣れた専門用語。登場人物の職種や性格、その配置を確認する。場面の並び、ストーリーテンポ。そしてクライマックス。作品が収束して、浮かび上がるテーマとオチ。

全身の毛穴が開き、身体の熱が一気に上がる。

なにもかも、十日前にエヌ氏へ送った企画書と同じ内容だった。これでは盗作かと疑われてしまう。もちろんそんな企画が通るはずもない。

頭の中に警報が鳴り響く。世界が壊れる音がする。

違う。決してパクったわけじゃない。そもそもこの作品を知らなかったのだ。

全身が火のように熱い。息が荒くなり、汗が噴き出てきた。

脳裏にエヌ氏の言葉が過《よ》ぎる。

〝私は、進木さんが中堅くらいの実力はあると知っていますから〟

〝私は作品の内容が同じだからといって、それが即ちパクリだとは思っていません〟

エヌ氏は『酷似している作品がありますよ』とさりげなく教えてくれたのだ。

私のスマホが鳴った。

取り出してみると、エヌ氏からのメールだった。

『新しい企画書をお待ちしています』

顔を上げてエヌ氏を探した。

エヌ氏は会計を済ませて出口のドアから出て行くところだった。彼は私の視線に気づき、軽く手を挙げた。

顔を真っ赤にして、私も挙手して返す。

叫び出したい気持ちを抑えつつ、ぎこちない笑みを浮かべながら。

©Gilmanshin／PIXTA

# 既視感《デジャヴ》・前編

初めて見たはずなのに、見覚えがある。以前まったく同じ情景を目にしたことがある。そんな強い思いが心を揺るがす。

既視感《デジャヴ》。誰でも経験があるはず。視覚情報と記憶が矛盾する状態である。

なんのことはない、錯覚が生んだ記憶の錯誤だ。

だが、稀に意外な記憶が呼び起こされる場合がある。

今回は、そんな話。

——◇◇◇——

既視感にまつわる思い出は三つある。いずれもここ十年くらいだ。歳をとると、それだけ記憶が曖昧になるということかもしれない。

初見のものに遭遇したときに起きる感覚なので、旅行中に経験しやすい。私の場合、物書きになる前と後では旅行の頻度が明らかに違う。取材が必要だからだ。そのため新鮮な体験が多くなる。目の前の光景が記憶を刺激し、頭の中で照合してすり合わせるという無自覚の情報処理のプロセスにバグが発生しやすくなっているのかもしれない。歳はとりたくないものだ。

兵庫県の芦屋《あしや》市へ取材に行ったときのこと。

目的は、近未来都市の町の情景や空気を体感すること。市内の六麓荘町《ろくろくそうちょう》は、町の景観を損なうとして電柱など送電線を地下へ敷設した日本最初の町である。現在では駅前エリアなどに全国で観られるが、『日本最初』の現在を体感したかったので取材へ赴いた。

タクシーで町の中をぐるぐる周り、通りの情景をカメラに収めた。町は旧く、斜面になっている。歩くと、ちょっとしたハイキング気分を味わえるだろう。

どこにも電信柱がない。小山の中腹なので、どの家屋からも海を望むことができる。例外なく窓からの眺めは絶景だ。町の規定で集合住宅は建設できないというから、住人はそれなりの裕福な方々ばかりだ。市内ではパチンコ店などの娯楽施設は禁止なので、浮ついた遊びに興じるような市民の流入を排除しているように窺える。

また、臨海部の住宅地も送電線は地下に埋められているというので行ってみることにした。

カメラやノート、手帳をバッグに入れて住宅地を散策する。埠頭《ふとう》には個人所有のクルーザーが所狭しと停泊している。聞こえてくるのはクマゼミの声。東京のようにアブラゼミやミンミンゼミではない。

通りの先まで電柱がない。喉が渇いたが自販機もない。

小さな川と公園を見つけたので、そこで休むことにした。

人工的な小川に広場が造成されている。ブランコなどの子供向けの遊具はなく、踏み石が埋め込まれた道がある。川の先を目で追うと、青い空の下に神戸ポートタワーが見えた。

他には誰もいない。道を歩く人の姿もない。近場の石の上に荷物を置いて、私はしばし踏み石を楽しむことにした。

靴を脱ぎ、裸足《はだし》になった。開放感が湧いてくる。

足の裏の異物感を楽しみながら足下の石を眺めていたら、記憶が疼いた。

この情景、以前どこかで……。

風が強くなってきた。

——あのときも。

振り向くと、石の上からバッグとカメラが転げ落ちた。口が開いて、地図やパンフレットなどの資料、メモが舞っている。手帳に挟んでいたが綴じてはいなかったものだ。

記憶が囁《ささや》く。あのときと同じだ。

私は慌てて戻り、それらを拾い集めた。三枚ほど風に乗って数メートル先まで飛んでいる。

作品のアイデアを書き込んであるので人に見られたくない。私は裸足のまま、全力で走り回り、それらを拾い集めた。

炎天下、吹き出る汗を拭う余裕すらなく、息を切らしながら。

同時に、ある思いが頭の中に湧いてきた。

まただ。また同じことをしている。

この作品を書いてもデビューできるとは限らないのに。こんな辛い思いを重ねて作品を応募しても、新人賞を獲ることができるわけでもないのに。

いったい、いつまで続けるのか。どれだけ落選すれば諦めるのか。

飛んでいった最後の一枚に飛びついて、胸にかき抱く。

蹲り、嗚咽を漏らしながら振り向いた。
以前、ここで同じ目に遭った。辛い思いをした。
いや、違う。
この場所へ来たのは初めてだ。それは間違いない。
これが既視感というものか。
しかし思いが含まれていた。現在とは違う、物書きとしてデビュー前の感情だ。
……しかし暑すぎる。頭が回らない。駅前まで戻って、なにか冷たいものを飲もう。
私は荷物をまとめ、バス通りまで歩くことにした。
次のバスまで少し時間があった。バス停近くにあった足湯で休みながら、記憶を辿る。
情景はまさしく同じ。だが別の場所だ。
新人賞に応募していた頃の思い出が重なったのだから、たぶんそのときの情景だ。
取材した場所は指折り数えて十では足りない。だが――。
思い出せなかった。
舞い散った紙をかき集めながら、泣いた。

なぜ自分は話の紡ぎ手に拘るのか。諦めれば楽になれるのに。自由になれるのに。どうして私は辛い思いを重ねてまで創作を続けようとするのか。

まるでなにかに憑かれているようだ。

結局、どこで同じ経験をしたのか、いまだに思い出すことが出来ない。

頭を過った、自身に対する問いかけの答えも。

◇

うまく記憶を辿ることが出来れば、すっきりするというもの。

二つ目の既視感は、そんな出来事だった。

厳密に言えば錯覚ではないのだから既視感と呼ぶには不適切かもしれないが、『いつか見た情景』と感じる体感は同じである。異なるのは『根拠となる実体験があるか』だけだ。

岩手県へ取材に行ったときのこと。

五月の連休明けで思いがけず多めに日程がとれたので、目的地へ向かう前に花巻《はなまき》で一泊することにした。

しかし天気は雨。梅雨入りだった。予報を確かめたら、関東から東北にかけて傘のマークが並んでいた。

上野から東北新幹線で北へ向かう。駅を出発すると、車窓に雨粒が当たって流れていく。大宮《おおみや》、宇都宮《うつのみや》を過ぎても雨。仙台で乗り換える際に予報を見たら、先の盛岡も新青森も雨だった。諦めてバッグの底に入れておいた折りたたみ傘を用意する。

あらためて新幹線に乗り込む。新幹線は一ノ関《いちのせき》を過ぎて新花巻へ。ここでローカル線に乗り換えるのだが、駅が繋がっていないので、改札を出て外を少し歩かねばならない。

ごろごろとキャリーバッグを引きながら外へ出たら、雨が止んでいた。それどころか雲の合間に青空が覗いている。

空を仰いでいたら、ふと閃いた。

寄り道が出来るではないか。

近くに宮沢賢治《みやざわけんじ》記念館がある。ぜひ一度は行ってみたいと思っていたので、いい機会だ。地図を確認したところ、駅前のエリアを出れば一本道で二キロ程度。歩いてだって行ける距離だ。

花巻方面の電車の時刻表を確認したら、一本遅らせると次は二時間後。観光には充分だ。

足元に陽が射しはじめた。宮沢賢治が呼んでいる。

新花巻の駅舎前にあるコインロッカーへキャリーバッグを押し込む。バスの時間は一時間後だったので、迷わずタクシー乗り場へ向かった。

結果論だが、タクシーを使ったのは大正解だった。地図では近いのだが、宮沢賢治記念館は小山のてっぺんにあったのである。

記念館を訪れたあとは土産物も扱っている喫茶店『山猫軒《やまねこけん》』で一服しながら外を眺めた。

すっかり晴れ上がっている。

宮沢賢治のペン立てと銀河鉄道を模した文鎮を土産に買い、隣の見晴らし台から高台の眺めを楽しんだ。なにせ山の上なので新花巻を一望できる。

天気を確認したら、やはり関東地方や東北地方は現在も雨が降り続いているという。

なぜか私がいる新花巻だけがピーカンの青空だった。

下の道路へと続く長い階段を下りながら、きっと宮沢賢治が迎えてくれたのだろうと、上機嫌になった。

階段は旧い。木枠の通路になっていて、手摺りの下部には『雨ニモマケズ』の詩が書かれている。

頭に衝撃が走った。

木枠に囲まれた、長い階段。手摺りに宮沢賢治の詩。

この情景は、一度体験している。私はこの場所に立っていたことがある。

それは確信だった。記憶が疼く。

馬鹿な。記憶違いか。『花巻』や『新花巻』なんて地名は私の記憶のアルバムにスタンプされていない。初めて訪れた土地のはずだ。

悩んだが、考えている時間がない。そろそろ駅に向かわねば。

私は手当たり次第に付近を写真に収めて、新花巻駅へと戻った。

花巻では、宮沢賢治が好んだという、天ぷらそばとサイダーの『賢治セット』を注文した。食べ終えたら、もう辺りは暗くなっていた。

空は再び曇っていた。

ホテルに入ると、背中から激しい水音が聞こえてきた。集中豪雨である。私は安堵しながらチェックインの手続きを済ませた。

部屋で熱いシャワーを浴びて落ち着いたら、昼間の衝撃を思い出した。宮沢賢治記念館を訪れた際の、帰りの階段で体験した既視感である。

気になりだしたら止まらなくなった。

まあいいやで済ませることができない。気が収まるまで掘り下げずにいられない性格が恨めしい。

取材用のカメラを取り出して、撮影した画像を液晶モニターで確認する。当時の感覚が甦る。

絶対に錯覚ではない。記憶とぴたり一致した感覚だった。

しかし、言うまでもなく矛盾している。

『新花巻に来たことはないが、そこにある宮沢賢治記念館を訪れたことがある』

ミステリーではないか。

面白い。その謎解きに挑戦してやろうじゃないか。

私は一階へ下りて、自販機の缶コーヒーを買ってから部屋へ戻った。机の前に座り、手元にペンと手帳を置いて腕組みをする。

しばし瞑目して、記憶のアルバムを捲る。

東北地方、それも仙台から北となると、仕事でもプライベートでも訪れた記憶があまりない。訊かれても「花巻には行ったことがない」と断言できるくらいだ。

しばらく思案したが、やはり覚えがない。

記憶の幅を、仙台と盛岡まで広げてみる。

仙台には何度か行った。会社員時代、仙台研修センターへ入寮したことがある。東京でも調布と駒場《こまば》と三田《みた》に研修センターがあったが、SE向けの専門コースは仙台だった。私はそこでＶＢＡ《ビジュアルベイシックフォーアプリケイション》のプログラミング言語を習得して、職場の顧客管理システムを構築した。

しかし仙台の南側である。北側の花巻に足を向けたことはない。

盛岡はどうだろう。

少なくとも社会人になってから盛岡を訪れたのは、うつになったときの一度だけだ。それ以前となると、学生時代まで遡ってしまう。しかも経由しただけだ。

大学生時代。所属していたサークルは二つだった。ネットで確認したら、現在では二つとも消えている。三十五年前のことなので仕方ないが、一抹の寂しさを感じてしまう。

一つは『ＳＦ・ミステリー研究会』だ。当時の流行りがそのままサークルになったようなもので、実際に作品を書いている人は少なかった。他人の作品を論評したがる人たちばかりで、学生らしいというか、端から見ればひねくれた若者と見えたに違いない。私もまた作品を書くことなく、挿し絵ばかり描いていた。

もう一つは『童画研究会』。アニメーション作品や絵本を手作りしていたサークルである。大学四年生のときに新たなアニメーションを対象とした研究会が新設されて、現在も活動中だ。当時活動内容が被るのではと問い合わせたことがあるが、「『童画研究会』は『アニメーション作品を【作る】ことを楽しむ会』であり、私たちは『アニメーション作品を【観る】ことを楽しむ会』です」と言われた。大学祭では『とんがり帽子のメモル』のセル画が壁一面に張り出され、アニメグッズが数多く陳列されていたので、ああなるほどと思った次第である。

ともあれ、嗜好が物作りと創作に傾倒していた私としては、『絵を描く』『話を作る』『製本する』ことを日々楽しんだ。書店で購入した書籍の中から気に入った作品を自分で装丁し、製本して蔵書にするのは西洋の風習だと聞いたことがあるが、それに近い。

目が不自由な方のために点字の絵本を作ったり、飛び出す絵本を作ったりして、物作りの趣味は満たされていたように思う。

八幡平《はちまんたい》に大学の施設があり、そこをサークルの合宿旅行で利用したことがある。標高もそれなりにあるし、空気が澄んでいるため、星空の観測で地学部が定期的に利用している宿泊施設だった。高原にはグラウンドもあり、レクリエーションを企画して楽しむことができる。

他に宿泊者がいなかったので夜は大カラオケ大会になったが、昭和の時代はほぼ曲が演歌しかない。温泉街では演歌オンリーである。アニソンなんて『サザエさん』くらいだった。仕方ないので、バイト代を持って秋葉原でポップスのカラオケカセットを探しまくったことを覚えている。

道路を挟んで対面には廃坑となった松尾鉱山のアパートが残っていた。宿舎を探索してみたら、漫画家・手塚治虫《てづかおさむ》の代表作の一つである『リボンの騎士』が巻頭カラーで掲載されている雑誌を見つけた。

新連載とうたわれていたので、お宝だと持ち帰ったが、これがどうにも水濡れがひどいしろものだった。ごわごわの手触りの雑誌を開こうとしても、古紙が貼り付いていて音を立てて白く破けてしまった。

泣く泣く捨てるしかなかったのだが、いま思い返しても残念で仕方ない。

昭和五十年代の思い出である。あまりの懐かしさに口角が上がる。

中学生や高校生時代となると、さらに記憶が朧《おぼろ》になる。思い起こされるのは悪友たちとの馬鹿話ばかりだ。遠出といっても、せいぜいが関東地方だ。岩手県まで来たなら確実に覚えているはずだ。

そんな遠くまでみんなで行くようなイベントなんて修学旅行くらいで――。

修学旅行。移動はバスだ。博物館や記念館の直前までバスで行くが、そこがどの場所にあるかなど記憶に残らない。地名は単なる知識にすぎないからだ。実際に訪れた場所の情景だけが記憶に刻まれる。

『宮沢賢治記念館を訪れた』記憶は残っても、そこが新花巻にあることや、『花巻へ行ったことがある』という思い出にはならない。

これだ。私はバスで訪れたのだ。

頭のアルバムを学生時代まで戻し、イベントを修学旅行に限定して記憶をリサーチする。

高校生のときの修学旅行は、紀伊《きい》半島まで行ってから、定番の奈良と京都だった。『鈴木』姓の発祥の地ということで『鈴木さんキャンペーン』をやっていたことを覚えている。私は『進木』なので、残念な思いをしたものだ。

ちなみに鈴木の発祥の地は二つあり、紀伊半島と信州《しんしゅう》だと聞いたことがある。家紋で識別できるそうだが、私はよく知らない。

中学三年生のときも京都だった。自由時間で哲学の道を歩いたものだ。

……東北地方へ行ってないではないか。

そんな馬鹿な。大学生時代に八幡平へ行ったのは、以前にその宿舎へ泊まったことがあるからだ。だから私が企画した。

さらに記憶の付箋を辿る。

昭和五十三年、中学二年生。これだ、思い出した。

東京を出発して、庄内《しょうない》平野を抜けて日本海を望む。どこかの城下町で古い街並みを楽しんでから、内地へ。途中で車窓から秋田富士を見たような、見ていないような。昼食で食べた山なめこそばがやたら旨《うま》かった。

盛岡を抜けて八幡平へ。翌朝は早朝から登山だった。岩手山を登り、百二十人中二十人くらいが山頂まで辿り着いた。標高は二千メートル。私は八番目くらいだった。山頂付近は強風のため草一本生えないのだと知った。むき出しになっている土の上で、並んで記念写真を撮った。

翌日は十和田《とわだ》湖。湖上を遊覧し、乙女の像を眺める。奥入瀬《おいらせ》渓流を散策してから、皇族御用達《ごようたし》という宿へ泊まった。

その夜、事件が起きた。他の部屋で、数名が押入から天井裏へと入り、そこで遊んでいるうちに天井をぶち抜いてしまったのだ。

例年利用していた宿だったが、この年を限りに利用できなくなった。さもありなん。私たちの学年は、『史上最悪の学年』と呼ばれたが、これも致し方なし。四十年以上経ったいまとなっては、いい思い出だ。

最終日は恐山《おそれざん》を訪れた。石が転がっているだけの場所で、長めの自由時間を持て余してしまった。むしろ夕食での後悔が記憶に残っている。

ホテルでのディナーはフルコースだった。いくら育ち盛りとはいえ量が多すぎた。メイン料理までに腹が膨れてしまい、大好物だった特大エビフライを残してしまった。ええい口惜《くや》しい。

そのあと寝台夜行列車で東京への帰路に就いたが、ここで最後のゲームがあった。乗り込む前に、私を含めて六人くらいが自販機で缶コーラを買い、手荷物に忍ばせた。

東京までは長い。途中で喉が渇いてしまうことを危惧《きぐ》してのことだ。やむなしだろうと考えていたが、一人が見つかって先生に大目玉をくらった。すぐに各寝台に見回りが入り、枕やシーツの下や手荷物がチェックされて缶コーラを没収された。もともと隠す場所なんて限られている。私を除いて、全員隠していた缶コーラを取り上げられた。

私も名指しされていたらしく、最後まで先生方にチェックされたが、隠し通すことができた。

予期していた通り、夜半には喉が渇いてたまらなくなった。カーテンを閉めた寝台で、一人勝利の缶コーラで喉を潤わせたことは言うまでもない。

先生方は、バッグや寝台をひっくり返してまで缶コーラを探したが、一つだけチェックしなかったところがある。

寝台の壁に掛けた学帽だ。その裏側にあったのですよ、先生。

思わず四十年前の修学旅行を再度楽しんでしまった。

あとで思い起こせるように記憶に刻むにはコツがある。そのとき抱いた感情を、併せて情景に塗り込むのだ。これで記憶の引き出しに収めておけば、あとで引き出しやすくなる。

私はこれを『記憶に付箋をつける』と呼んでいる。

さて、宮沢賢治記念館だ。間違いなくこの修学旅行の中で経験したことだ。

「日程表にはありませんが、順調すぎて時間が余ったので、休憩を兼ねて少し寄り道をします」

そこで降ろされたのが、宮沢賢治記念館へと上る階段の入り口だった。

一列になって階段を上っていく。手摺りの下部に『雨ニモマケズ』の詩が続いている。ゆっくり楽しみたいところだが後ろから「止まるな」の声がかかる。忙《せわ》しないことこのうえない。

ちくしょう。いつか絶対に、もう一度ここへ来てやると誓いながら歩いた。階段と並んで上へと続いている『雨ニモマケズ』の詩を目で追いながら。

すべて思い出した。やはり錯覚ではなかったのだ。

心地よい疲労感と満足感を覚えた。中学生時代を思い出すなんて、何年、いや何十年振りだろう。手元の缶コーヒーは、とうに空になっている。

バッグから、出掛けにコンビニで買ったインスタントコーヒー顆粒が同梱されている紙コップを取り出し、部屋のポットで沸かした湯を入れる。

それにしても――と思う。今回は偶然が重なっている。

最初からして寄り道だった。

今日は、新花巻の改札を出たときに、たまたま天気が晴れ上がった。そこで寄り道を思いつかなければ、階段での既視感に出会うこともなかっただろう。

まるで宮沢賢治に引き寄せられたみたいだ。

「寄り道を楽しむことだ」

ふと誰かの声が聞こえたような気がした。

時間はもうすぐ夜の十二時。実に長く思い出に浸っていたものだ。まるで老人だ。

熱いインスタントコーヒーの紙コップを手に、部屋の窓から外を眺める。

人家の灯はすでに消えている。夜の静寂《しじま》の中を、長い貨物列車が東北本線の線路を渡っていく。貨物をよく見たら新車の自動車だった。数えてみると四十以上も続いた。

これで人まで乗せていたとしたら趣が深い。というより怖い。

『大事なものは、むしろ寄り道したところにある』

誰の言葉だったろう。宮沢賢治の言葉だったとしたら出来すぎだ。

冷めはじめたコーヒーに口を付けながら、私は小さく安堵の息を漏らした。

著者撮影

# 既視感《デジャヴ》・後編

既視感の話、後編。

この話は、私の人生に関わっている。

『いま未来が変わった』。そんな感覚を持ったことはないだろうか。

たとえば、乗っている電車の線路が切り替わったような、自分の行き先が変わったような感覚。

まさにそんな感覚を味わった話だ。

――◇◇◇――

会社員時代に、エキスパートカレッジという社員向けの選抜研修制度があった。コースによって期間は違うが、最長で二年に及ぶ集合研修だ。参加者は全国から集められ、寮に入って専門知識や技能を習得する。寝食を伴うので仲間意識が非常に強くなるのが特徴だ。

　私が参加したのはマーケティングコースで、期間は平成二年の十月から翌平成三年一月末までの四ヵ月だった。

　二月頭に卒業旅行。山梨県にある工業用ロボットアームの工場を見学したあと、宿泊地へと向かう。その途中で洒落た名前の場所へ立ち寄った。

『夢のかけ橋』

　天竜川の船明《ふなぎら》ダムに架かっている橋梁《きょうりょう》だ。袂にボートハウスがあり、トイレ休憩となった。ボート大会があり、インターハイにも使用されるという話だが、オフシーズンのため無人だった。

　みんなで橋を渡りながら天竜川を眺める。なかなかの眺望《ちょうぼう》だったこともあるが、橋の名前が強く頭に残った。

　会社員になる前は、私は物書きになることが夢だった。ごく普通の会社員として人生を送ることになり、いずれ持つであろう家族のために生涯を捧げることを誓った。

　だが、もしも縁遠く、妻をめとることなく家族を持てなかったならば——もう一度、物書きへの道に挑戦しよう。

そのときには、再びこの場所を訪れよう。物書きになる夢の架け橋を渡ってやる。そんな思いを込めながら、橋の情景を頭に焼き付けた。

二十二年後、まさか本当に訪れることになるとは。

言葉や名前には敏感な方だ。いまでも作品タイトルなんか、これというものを思いついたら固執してしまう。

デビュー作がまさにそうだった。『星泳ぐ海牛《かいぎゅう》』。

このタイトルの作品で新人賞を獲りたいと思った。しかしそんな甘っちょろい考えが通用するほど、世の中は甘くない。そこで一計を案じた。

同じタイトルで、内容がまったく違う作品を書き続けるのだ。

普通の人なら、同じタイトルなら同じ作品だと思うだろう。しかしミステリー好きなら裏を読む。同じタイトルなら、中身が全然違うものだと考えるのがミステリー好きだ。

ええい、自分も含めて、なんと拗《ねじ》けていることか。

おかげで同じモチーフながら、内容が異なる作品を重ねることになった。現に『星泳ぐ海牛』には四種類の話が存在する。

最初は、海牛を巡る男女七人の高校生の話。次に宗教団体の敷地内で展開する海牛の話——は、二百枚書いたところで、これでは『遊星からの物体X』だと気づいてボツにした。

三番目は大学生の話だが、謎解きが弱く、主人公たちが巻き込まれていくだけの単なるホラー話になった。最後に、探偵役がいないため謎解きが弱すぎるのだと感じたので、学者を登場させてテンポよく真相に迫っていく話にした。ようやくミステリーになったところで、なんとか受賞までこぎつけた次第である。

まったく自分で嫌になるほどひねくれている。

その受賞の数年前。

かつての思いを胸に、私は再び『夢のかけ橋』の袂に立った。平成二十五年十月のことである。

社会人になって二十年、私は生活のために生きた。しかし家族を持つことすら叶わなかったので、別のルートへ向かう。物書きになるという、自身の夢のために生きる。

天竜二俣《てんりゅうふたまた》駅で借りたレンタサイクルを駆って天竜川を上る。背中のバックパックには手帳やカメラなどの取材道具が入っている。もとより通行人がいない郊外の一本道なので、軽快にペダルを踏む。風を切って自転車は進む。

数キロの距離はあれど、あまり時間を感じずに目的地に着いた。

橋の手前にあるボートハウス――『伊砂《いすか》ボートパーク』はやはり無人だった。自転車を下りて、トイレを借りてから付近を歩く。

二十二年前と変わらない光景だった。なにもかも懐かしい。

カメラを取り出し、周囲の写真を撮りまくる。

橋の上を風が渡っていく。眼下に見える天竜川の水面が緑色に映えている。紅葉にはまだ早く、奥深い山々の木は深緑を湛えている。

私は橋の手摺りに手を置いて身を乗り出して川を見下ろした。脇にある鉄管の向こうに川面が広がる。

記憶が疼いた。

何メートルくらいあるのかな――そう思いつつ、橋の柵に足をかけた。ゆっくりと身体を回し、柵の外側に出る。深呼吸をしてから、脇の鉄管へ飛び移る。

足下が平面でなくなったため、ぐらついた。慌てて体勢を整える。

夢は潰えた。とうとうデビューすることなく人生を終える。

いや不平不満は口にするまい。自ら選んだ道だ。自分の技能が至らなかったがゆえに届かなかった夢だ。

自分の人生をとどめるのもまた、自分自身であるべきだ。

太い息を吐きつつ、重心を低くするために少し腰を落とす。

最期の跳躍。私は宙に身を躍らせた。

水面までにどれだけ人生を振り返るのだろうと思っていたが、あっという間だった。

身体が叩きつけられる衝撃。水とはこれほど堅いものだったか。

視界が利かない。口の中に鉄の味が広がる。上下左右の感覚が消えた。そして
――。

世界が割れた。

自分が存在している空間に無数の罅が入り、砕けて拡散する。意識だけが残り、どこかへ吸い込まれていく。

そして、なにも考えられなくなった。

……荒い息づかいが聞こえる。

身体が熱い。胸が大きく躍動している。肩を上下させながら呼吸を荒らげているのは自分だった。

橋の上に立っている自分。どこからか鳥の声が聞こえる。眼下には天竜川の水面が

広がっている。

汗が顎から滴《したた》り落ちた。

……なんだ、いまのは。

記憶だと本能が報せる。いつか体験した記憶だと語りかけてくる。

既視感。過去に一度体験した記憶。

馬鹿な。いま自分は生きている。自殺した経験なぞあってたまるものか。

しかし同時に、たしかに経験した思いだと記憶が語りかけてくる。

物書きになるために新人賞へ応募した。何度も。何年も。

それこそ落選したことなど数知れない。創作活動に支障がないような仕事を選んで生活費の足しにしたが、やがて蓄えも底をついた。

いよいよ生活も創作もままならないという事態になり、私は人生を終えることを選択した。最期の場所として選んだのが、夢に向かって歩き出したこの場所だった。

未来の記憶に裏打ちされた既視感――。

ハンドタオルを取り出し、汗だくになった顔を拭う。

私は一度死んでいるのか。

足をふらつかせながら、橋を渡った。

橋の先には道の駅『天竜相津花桃の里《てんりゅうそうづはなももさと》』がある。私はそこで休むことにした。地元特産の茶を味わいながら気分を落ち着かせる。

気の迷いだ。単なる錯覚だ。自分に言い聞かせるように呟く。

そりゃ私だって人間だ。落ち込むことはある。死にたいと願うほど凹んだことも一度や二度ではない。

特に思春期は感情が豊かなので起伏が激しい。些細《ささい》なことが気になって感情が波打つこともある。中学生高校生時代は、毎日が刺激に満ちていた。純粋で、時間が輝いていた。

そのぶん黒歴史として記憶から消したい出来事も存在する。辛く苦しかった思い出は、忘れたくとも記憶から消えない。

＊

高校三年生、春の始業式。

A組からE組の教室の外、廊下側に貼り出された名簿に自分の名前を確認して、おのおの教室へ入る。最初なので机は名簿順だ。

高校三年となると、文系理系のみならず、履修できる選択科目も増えるため、クラス編成に大きく影響する。エスカレーター式の学校だったので、中等科での英語成績が上位三十位以内に入ると、高等科で第二外国語としてドイツ語とフランス語と中国語から希望するものを選択できた。

私は第二外国語としてフランス語を選択しているので、C組またはD組となる。まずは下駄箱のある昇降口から近いD組の名簿を確かめた。名簿の前には生徒の人集りができている。その後ろから、私は名簿を覗き込んだ。

同じフランス語を選択している馴染みの名前が半数ほどあったが、自分の名前がない。さてはC組か。

私はC組へ向かい、名簿に自分の名前を探した。

が、何度見直しても『進木独行』の名前がない。他のフランス語を選択している生徒の名前はすべてあった。私の名前だけがないのだ。まさかD組の名簿で見落としたのか。

踵《きびす》を返してD組へと戻る。だが、やはり自分の名前はない。

私が鞄を手にしたままC組とD組の教室前を行ったり来たりしていると、見かねた級友が声を掛けてきた。

「どうした、ヒト」

「まいった。名前が見つからないんだ」

「お前の名前なら、B組にあったぞ」

「えっ」

急いでB組へと走る。

たしかにB組の前に貼り出された名簿に私の名前があった。

そんな馬鹿な。A組とB組は、第二外国語に英語またはドイツ語を選択した生徒で編成される。私はフランス語を選択していたのでC組かD組になるとばかり思っていた。

とりあえず始業式が近い。私は教室に入り、指定されている席に鞄を置いた。

「あれっ。進木、お前フランス語じゃなかったのかよ。ここは英語だけか、ドイツ語のクラスだぞ」

前の席に座っている顔馴染みの生徒が頓狂《とんきよう》な声を上げた。

「そうなんだよ。まったくどうなってるんだか……」

私は肩を窄めた。

九時から体育館で始業式が行われたが、私はそのままB組の列で校歌を合唱した。

そのあとのホームルームまで二十分ほどあったので、私は急いで職員室へ向かった。

B組の担任は始業式の後片付けから戻っていない。代わりに、D組の担任教師が困惑顔の私を見かねて対応してくれた。

「……それは問題だな」彼は腕組みをした。

「分かった。B組の担任と相談するから、教室に戻って待っていてくれ」

「はい」私は頷いた。

職員室のドアを出たとき、B組の担任と入れ違いになった。ドアを閉める際に彼の声が聞こえてきた。

「なんだって」

時間に少し遅れてB組の担任教師は教室に顔を出した。

私の顔を見るなり、彼は言った。

「進木、お前はD組だ。机と椅子を持ってD組へ行け。ちょうどホームルームが始まるところだ。急げ」

「……はい」

急がなくちゃいけないのは私の責任なのかと思いつつ、一人で鞄と机と椅子を担いで教室を出る。嵩張る荷物を引き摺るようにして廊下を歩き、D組の教室へ入った。

さすがに注目されたが、仕方ない。私の席は廊下側の一番後ろになった。

D組の担任教師が、私の名前を名簿に追加することを生徒たちに伝える。なにがあったんだ、と好奇の視線が私に集まったが答えようがない。

昼休みの前に一週間の時間割が渡されて、午前中が終わった。

「起立」「礼」の声とともに教室がざわつき始める。弁当を取り出す者、売店へ走る者、仲が良い者同士で声を掛けあう者など様々である。

「おい、いったいなにがあったんだよ」

周囲に好奇心旺盛な級友たちが目を輝かせながら集まってきた。

お喋りを楽しむどころではない。私は手にした時間割を睨んだまま動けなかった。

選択科目の時間割のコマが違う。これでは希望した選択科目『美術』を履修できない。

あとで聞いたことだが、D組とE組は理系を選択した生徒で組まれていた。文系の選択科目を希望した生徒はA組からC組になる。

「悪い。急ぎで先生に相談しなくちゃ」

再び私は職員室へと向かった。

D組の担任教師は、窓辺の打ち合せ卓でB組の担任となにやら話をしていた。二人は私に気づくと、軽く手を挙げて微笑んだ。

「よお、災難だったな」

まるで人ごとだ。災難はまだ続いている。

私は時間割を見せて、これでは希望した選択科目を学べないと詰め寄った。

「まいったなあ……」D組の担任教師は呟いた。

まいっているのはこっちだ。

「いまから選択科目を変更するってのはどうだ。『電算機演習』なんてこれから伸びる科目だ、いまのうちに始めても損はないぞ。やってみると、これが結構面白いんだ」

「いえ、美術を学びたいです。希望は変わりません」

悪いのは私か。私なのか。クラス編成を間違えたのはそっちじゃないのか。なぜ尻ぬぐいを私がしなければならないんだ。

「学びたいことを、学べるのが、学校じゃないんですか」

いつの間にか涙声になっていた。

熱い雫が頬を伝っていく。握る拳《こぶし》が震える。

「いや、私が言っているのは、他にも魅力がある科目があるから検討してみてはどうかという提案だよ。意志が変わらなければ、それでいい」

彼らは口を『へ』の字に結んだ。

結局、その日の午後から私はC組に編入された。

よもや二度も机と椅子を担いで廊下を歩くとは思わなかった。

教室――自分がいるべき場所が突然消える。いるべき世界から、たらい回しにされている。盤面に置かれた駒のように、自分が物として扱われている気がして、なんともやるせない。

出席簿の末尾に、私の名前が手書きで記載された。

座席は教室の一番後ろ、廊下側の端にぽつねんと座ることになった。

一日で担任の先生が二度替わり、三つの教室を移動したのは、百年を越える学校の歴史でも私だけだと思う。自分の居るべき場所が次々に変わっていく状況は、なんとも心落ち着かず、不安で堪らなかった。

自分の居場所がない。いるべき世界から拒絶された。――そんな孤立感を覚えたことが、その後も度々ある。

＊

大学二年生。

毎年五月になると、サークルの新入生歓迎合宿で埼玉県の長瀞《ながとろ》キャンプ場を利用する。夕食を終えて食器を片づけたあと、屋外に設置されている長テーブルへ行くと、みんなでカードゲームに興じていた。

「混ぜてー」

テーブルの端に座ろうとしたが、全員が合唱した。

「ヤだー」

身体が固まった。

「……ああ、ごめん」

屈もうとしていた上半身を起こして、ロッジへ戻る。

部屋には全員分のレンタルした布団や枕、シーツが運び込まれていた。泥酔して戻ってきてもいいように、すべての敷き布団を並べてシーツに包《くる》む。枕を添えて、毛布と掛け布団を組んでいく。

ひと通り仕上げてから、奥の角に敷いた布団に潜り込んだ。

高校三年生のときの気分を思い出しながら眠りについたことを覚えている。

その後一念発起して、サークルのまとめ役を買って出た。みんなのためになにかしたいと思ったのだ。

サークルが代替わりして最初の会合。私は司会進行役だった。意気込みと緊張が交錯する。定時になり、声を張り上げた。

「それでは新年度、最初の会を始めます」

しかしお喋りがやまない。それぞれ思い思いのことをしている。部屋の外のベランダで一服している者。コンパクトミラーで化粧の具合を確かめる者。持ち込んだ百科事典を眺めながら話し込んでいる者もいる。

私は再び声を張り上げた。二度、三度。

誰も動かない。まるでこの場に自分がいないようだ。

これはイジメか。放置プレイなのか。

いや、たぶん自分が悪い。存在感がないのだ。

頭の中で、ごきりと骨の鳴る音が響く。

周囲と自分自身の存在がズレていく。自分の身体が空気になったように薄くなる。

私はこの場に必要ない存在なのか――。

唇を噛みしめながら、私はバッグを手にして席を離れた。

どれだけ平静を装い、虚勢を張っていても、心が折れたときには涙が溢れてくるものらしい。精神力《こころ》が弱い私が悪いのだ。

＊

思い起こせば、大学生時代は辛いことや悲しかったこと、苦しかったことばかりだ。心を閉ざすことで、毎日なんとか生きていた。私の人生では暗黒時代なので記憶に封印している。

世界からの疎外感はその後も続く。自分の存在が薄くなり、消えるような感覚を覚えながら毎日を送る。

だが不思議なもので、それまでの世界からの消失感を補うかの如く、演壇でスポットライトを浴びるような出来事が時折起きる。

会社員になったときは、入社試験結果により、入社式の総代を務めることになった。ある日にパチスロを打ったときには、閉店までずっと大当たりが続いて一日で三十八万円もの金額になったこともある。

『いま未来が変わった』と感じることはよくある。

固定電話から、携帯電話を扱う関連会社へ移籍する際には組合側から横槍が入った。地域分会に所属しているという理由で強制的に止められたのだが、強く希望していた話なので憤った。このときも頭の中で骨の鳴る音が聞こえた。

内定していた転勤先が変わったこともある。そんなとき、ごきりと頭の中で音がする。

電車が別の線路に乗り入れたような感覚。未来が予期しないコースへ切り替わったと感じる音。経験上、こんなときは芳しくない展開が待つ。

異動した職場で、上司に「あなたの笑った顔が嫌いなんですよ」と面と向かって言われた。

それからというもの、決して喜ばぬよう、嬉しいと思わぬよう、私は日々努めねばならなかった。笑顔にならぬよう努力した。

なにがあろうと楽しんではいけない。

どんなときでも笑ってはいけない。

――そして私の世界から『笑顔』を消した。

うつを発症したのはその頃である。

現在ではリハビリの甲斐あって笑えるようになったが、さぞかしぎこちない笑顔になっているに違いない。

だから私はSNSに手を出さない。見知らぬ人から『死ねカス』などと書き込まれては堪らない。

世界滅べ――。そんな思いに取り憑かれたこともある。

しかし自殺するに至ったことはない。

橋の上でフラッシュバックしたような記憶はありえないのだ。

ふう、と小さくため息を吐いた。

腕時計の針が指している時間に気づいて、我に返った。もう二時間近く、物思いに耽っていた。

何気なく店内を見回して、不審者を見るような視線が周囲から向けられていることに気づいた。慌ててカメラを取り出して、ただの旅行者だとアピールする。撮影した画像を確認していく。

撮影したばかりの写真は十枚以上。液晶モニター画面で画像を確認していく。

その一枚で指が止まった。

『夢のかけ橋』そのプレートの次に撮影したものだ。

『平成12年3月竣工』

頭がまた混乱した。以前この場所を訪れたのは平成三年だ。橋が竣工された九年も前に来たことになる。

バックパックから当時の卒業アルバムを取り出して、テーブルに広げた。急いで卒業旅行の日付を確認する。

『卒業旅行　平成三年二月一日（金）～二月三日（日）』

間違いない。橋が完成する九年前に、私たちは卒業旅行でこの場所を訪れている。

「すみません、お伺いしますが……」

道の駅の人に声をかけて訊いてみた。

「橋が完成したときに店を開いたので、それ以前のことはちょっと分かりません」

そういえば、最初にここを訪れたときは反対側へ下りることなく引き返した。

卒業アルバムと、カメラに保存した画像を交互に矯《た》めつ眇《すが》めつ睨みながら、私は唸るしかなかった。

平成十二年というプレートがある以上間違いないのだろうが、そうなると私の記憶と卒業アルバムはなんなのだ。

これも記憶違いか。では卒業アルバムは。どこか別の世界とか次元から持ち込まれたものだとでも――。

……別の次元。

さきほど鮮明に頭を駆けめぐった、ありえない記憶。

同時に、突拍子もない考えが頭に閃く。

ありえない。やはり私の記憶の錯誤に違いない。

だが、ここを訪れて橋の上からの景観を前に、『もう一度ここへ来る』と誓った記憶があるからこそ、事前にこの場所を日程に組み入れたのではなかったか。

私は荷物をまとめて店を出た。橋を戻り、伊砂ボートパークへ向かう。

橋を渡りきろうかというときに、橋に掲げられたプレートが再度目に入った。

道の駅で頭に閃いた考えが脳裏を過る。

『夢のかけ橋』――それは夢や希望へと続く橋ではない。夢が潰えたときに、別のルートへと人生をリスタートさせる場所ではないのか。

橋の半ばで川面を見下ろした際に感じた、強い既視感。同時に湧き上がった、体験したことがない記憶。

未来の記憶。

そんなものは、ありえない。あってはならない。

やはり既視感は単なる錯覚にすぎないのだ。だって、そうだろう。こんな馬鹿な話を信じられるわけがない。

いま人生を巻き戻して、別ルートの人生を歩んでいるなんて。

著者撮影

# 最後に著者から一言

作中の主人公の言葉にして語った通り、体験談を元ネタにした作品集です。実話をまんま綴ったものも数本。青臭い話や切ない話も含め、赤面して叫び出したくなるような体験談でも、読み手が楽しめるなら臆さず原稿にするのが物書きというもの。

しかし関係者への配慮から、著者として最後に一言申し添えねばなりません。

これらの作品は**だいたい本当**ですが、「**フィクションです！**」。

嶺里俊介

○主な参考文献
『遠野物語remix』京極夏彦（著）、柳田國男（著）　角川学芸出版
他、多くのインターネットサイトを参考にさせていただきました。

本書は文庫書下ろし作品です。

|著者| 嶺里俊介　1964年、東京都生まれ。学習院大学法学部法学科卒業。NTT（現NTT東日本）入社。退社後、執筆活動に入る。2015年、『星宿る虫』で第19回日本ミステリー文学大賞新人賞を受賞し、翌16年にデビュー。その他の著書に『走馬灯症候群』『地棲魚』『地霊都市　東京第24特別区』『霊能者たち』などがある。

だいたい本当《ほんとう》の奇妙《きみよう》な話《はなし》

嶺里俊介《みねさとしゅんすけ》

2022年9月15日第1刷発行

発行者——鈴木章一
発行所——株式会社　講談社
東京都文京区音羽2-12-21　〒112-8001
電話　出版（03）5395-3510
　　　販売（03）5395-5817
　　　業務（03）5395-3615

Printed in Japan

講談社文庫
定価はカバーに表示してあります

KODANSHA

デザイン—菊地信義
本文データ制作—講談社デジタル製作
印刷———株式会社KPSプロダクツ
製本———株式会社国宝社



ISBN978-4-06-529297-6

# 講談社文庫刊行の辞

二十一世紀の到来を目睫に望みながら、われわれはいま、人類史上かつて例を見ない巨大な転換期をむかえようとしている。

世界も、日本も、激動の予兆に対する期待とおののきを内に蔵して、未知の時代に歩み入ろうとしている。このときにあたり、創業の人野間清治の「ナショナル・エデュケイター」への志を現代に甦らせようと意図して、われわれはここに古今の文芸作品はいうまでもなく、ひろく人文・社会・自然の諸科学から東西の名著を網羅する、新しい綜合文庫の発刊を決意した。

激動の転換期はまた断絶の時代である。われわれは戦後二十五年間の出版文化のありかたへの深い反省をこめて、この断絶の時代にあえて人間的な持続を求めようとする。いたずらに浮薄な商業主義のあだ花を追い求めることなく、長期にわたって良書に生命をあたえようとつとめるところにしか、今後の出版文化の真の繁栄はあり得ないと信じるからである。

同時にわれわれはこの綜合文庫の刊行を通じて、人文・社会・自然の諸科学が、結局人間の学にほかならないことを立証しようと願っている。かつて知識とは、「汝自身を知る」ことにつきていた。現代社会の瑣末な情報の氾濫のなかから、力強い知識の源泉を掘り起し、技術文明のただなかに、生きた人間の姿を復活させること。それこそわれわれの切なる希求である。

われわれは権威に盲従せず、俗流に媚びることなく、渾然一体となって日本の「草の根」をかたちづくる若く新しい世代の人々に、心をこめてこの新しい綜合文庫をおくり届けたい。それは知識の泉であるとともに感受性のふるさとであり、もっとも有機的に組織され、社会に開かれた万人のための大学をめざしている。大方の支援と協力を衷心より切望してやまない。

一九七一年七月

野間省一